パティシエ誘惑レシピ

藍生 有

講談社X文庫

目次

イラストレーション／蓮川　愛

パティシエ誘惑レシピ

　冬の朝は苦手だ。稲場英一（いなばえいいち）は丸まっていた体を更に縮めた。芯（しん）まで冷え切った体を震わせると、足の指先が何か温かいものに触れる。じんわりとした熱の心地よさに頬（ほお）が緩んだ。

　ずっとこのまま、ベッドの中でぬくぬくとしていたい。でも目が覚めたということは、もう起きる時間だろうか。

　目を開けようとして、英一は今日が休みだと思いだした。無理して起きる必要はない。ゆっくりと眠ろう。

　安心して再び眠りに落ちようとしたその時、足先に触れていたものが動いた。

　ベッドのそばには何もないはずだ。なんだろうと薄目を開ける。

　目の前が肌色だった。

　夢かと何度か目を開けたり閉じたりしたが、目の前にある肌色に変化はない。恐る恐る視線を動かすと、肌色の正体が裸の胸だと分かった。筋肉がしっかりとついた、紛（まご）うことなき男の体だ。

　この体の主は誰かと目線を上げる。しかし男はピローに顔を埋（うず）めていて、よく見えない。

「あれ……」

肌寒さを覚え、改めて英一は自分自身の状況を確認した。自分も裸だった。下着すら身に着けていない。普段は夏でもきっちり着込んで寝るのに、何故こんな格好なのか。状況が分からない。

英一は混乱したまま体を起こした。その瞬間、視界が揺れる。体に力が入らず、貧血を起こしたかのようにその場にへたれこむ。

心臓が移動してきたみたいに脈打つ頭を押さえ、室内をぐるりと見回した。ベッドに机、バスローブが置かれたソファ。どれにもまったく見覚えがない。

窓から注ぐ陽射しからして、もう昼過ぎのようだ。

ベッドが揺れた弾みか、男が顔を上げた。額にかかる緩く波打った黒髪をかきあげ、ゆっくりと目を開ける。

意志の強そうな眉と、やや目尻の下がった切れ長の瞳、高い鼻梁に厚みのある唇。どのパーツも華やかだが絶妙なバランスで配置されている。派手なのに品がある顔立ちだ。

男の顔をよく確認してから、英一は目を見張った。

「なんで、こいつが……」

知らない男ではなかった。高科満典という名前も、二十八歳の自分より二歳年下のショコラティエであることも知っている。

経歴等の情報は耳に入っていた。けれど個人的に親しくはない。その程度の存在だった。

「もう起きたのか」

少し掠れた、低く甘い声が耳をくすぐる。

高科は英一を見て、その端整な面立ちを崩した。まだ眠っているのか、奇妙なほど甘ったるい眼差しを向けられる。

「十一時過ぎか。よく寝たな。ま、お互いに休みだし、もう少しこうしてよう」

少し掠れた声が囁く。思考が停止している内に、くるっと彼の腕の中に抱き込まれた。

男の体温に包まれると、頭の痛みが治まってきた。ふぅ、と息を吐いた途端、疑問が浮かんでくる。

何故高科と、同じベッドの上で寝ているのだろう。しかも裸で。

我に返り、高科を引き離す。あっさりと腕を解いた彼は、肉感的な唇を笑みの形にした。

「なんだよ、朝から元気だな」

高科の手が英一の頭を抱く。髪に指が絡みつき、耳を撫でられた。

「っ……」

恋人にするような親密な仕草に戸惑い、まじまじと男の顔を見つめる。

腹立たしいほど整った顔だ。もし彼の働いている姿を知らなかったら、その容姿を活かした仕事をしていると思っただろう。線が細くて中性的な英一からすれば、羨ましくなるような男らしい顔立ちだ。

「今日もおいしそうだな、あんた」

頬に手が触れる。ひんやりとした手のひらに驚いて身を竦(すく)ませた時には、もう唇が塞(ふさ)がれていた。

「ん、んんっ……！」

キスをされているのだと気づくなり、頭の痛みも忘れてのけぞって逃げた。しかし彼の唇は、どこまでも追ってくる。

「……っ……」

腕を叩(たた)いて抗議しても、高科はやめてくれない。彼の長い睫毛(まつげ)があまりに近くにあって目を見開いた。

薄い唇の表面を舐(な)められ、背中に震えが走る。痺(しび)れるような感覚に慄(おのの)き慌てたせいで、勢い余って唇に噛(か)みついてしまう。

「いてっ。……何すんだよ」

離れた高科が露骨に顔をしかめる。

やっと解放され、英一は必死で酸素を貪(むさぼ)った。呼吸をするタイミングがなかったせいで、息が苦しくなっていた。

「それは、……こっちの台詞(せりふ)、だ」

やっと呼吸が整い、高科を睨(にら)みつける余裕ができた。

「大体、なんで俺とお前がこんなこと」

じりじりと離れつつ、濡れた唇を拭う。

「？　何言ってんの、英一」

「……気安く人の名前を呼ぶな」

年下のくせに、と心の中で続ける。名前で呼ばれるほど高科とは親しくない。

「は？」

高科は後ろに手をついて上半身を起こした。しなやかな筋肉をまとった胸板が露になる。その見事な肉体は、こんな時でも見惚れそうなほど美しかった。

「あんたが呼んでいいって言ったんだろ。忘れたのか」

高科は呆れたように言い放った。何か言いたげな視線が絡みついてくる。

「じろじろ見るな」

不躾な視線に居心地の悪さを感じた。だが何も身に着けていない以上、へたに身動きもとれない。下肢を覆ったブランケットを引き寄せるのが限度だった。

床には散らばった英一の服がある。いつもは絶対に脱ぎ散らかしたりしないのに、昨夜は一体どうしてしまったのだろう。

「いいじゃん、もう全部見たんだし」

高科が口角を引き上げ、楽しげに続ける。

「昨夜はごちそうさま」

「……は？」

何か食べさせただろうか。思い当たらずに何を、と問い返す。高科は片目を閉じて、濡れた色気のある視線を投げてきた。

「うまそうだから食った」

「だから、何を」

「あんたを、だよ」

食った？　人をまるで食べ物のように言う男に眉を寄せる。

「どういう意味だ」

英一が問うと、高科はゆっくりと顔を寄せてきた。

「朝まで、思いっきり楽しんだだろ」

吐息が耳に触れる距離で高科が囁く。ぞわっと鳥肌が立ち、英一は息を飲む。

「あんたってさ、結構激しいタイプだったんだね。俺もまさかあそこまで盛り上がるとは思わなかったよ。全然離してくれないしさ」

高科が小さく笑う。思わせぶりな彼の発言をどうにか理解しようと、英一は必死で頭を回転させた。

激しい、盛り上がる。何も身に着けずベッドで朝を迎える。状況とあわせて導きだした答えは、だけどうしても信じられないもので。

　もしかして、この男と……？

「なっ……。嘘だ、そんなこと」

　ありえない。必死で浮かんだ疑惑を追い出そうと頭を横に振る。

「俺は嘘なんて面倒なものはつかねぇよ」

　つまらなそうに高科が言った。そんな心外そうな顔をされても困る。混乱のあまり英一は髪をかきむしった。

「知らない！　そんなの嘘……」

「ストップ」

　大きな声に怯むと、高科はそれまでとは一変した真剣な面構えになっていた。

「覚えてません、ああそうですか、で納得できるか。俺とあんたはセックスした。なんなら証拠を見せてもいい」

　自信たっぷりに言い切られる。英一は口をぱくぱくさせるしかできなくなった。

　自分がそんなことをしたとは信じられない。同性と寝るという選択肢は、英一の中になかったはずだ。

「本当に覚えてないのか？」

　黙って頷く。大きなため息が聞こえて高科を見やると、不遜な視線と出会った。

「とりあえず、あんたがどこまで覚えているのか話してみろよ」

射貫くような眼差しに負け、英一は記憶を手繰り寄せる。確か昨日は、月に一度の会議があった――。


英一がオーナーパティシエを務める『パティスリーイナバ』は、トリニティヒルズと呼ばれる施設にある。

工場跡地に造られたトリニティヒルズは、大手建設会社グループが手掛けた複合施設だ。公園を商業棟と住居棟、オフィス棟で囲む形になっている。

パティスリーイナバは元々、住居棟の駐車場部分にあった洋菓子店だ。英一の父が自宅に店を構えてから二十年間、営業してきた。トリニティヒルズという大規模再開発が始まるにあたり一時閉店し、商業棟完成後はその一階へと移転した。

移転後も順調に営業していた昨年、父が急逝した。フランスで修業中だった英一は連絡を受けてすぐ帰国し、店を継ぐこととなった。

店を任されてまだ一年足らず、毎日があわただしく過ぎていく。正月ムードが終わった一月半ば、英一の頭の中はバレンタイン商戦でいっぱいだ。

月に一度のテナント会議の席でも、アイディアが思いつけばノートの片隅に書きつけていた。そのせいで、商業棟の統括マネージャーの話をよく聞いていなかった。

「それでイナバさん、今回はタカシナさんのところと協力していただけませんか」

「……はい？」

急に名前を呼ばれ、焦って顔を上げる。会議室にいる各店舗の代表者の視線が自分に集まっていた。

確か今は、三月末に行われるトリニティヒルズ三周年記念祭の話をしていたはずだ。そこでどうして、自分と高科の名前が出るのだろう。

「つまり、うちとイナバさんでコラボ商品を出して欲しいということですね」

助け舟を出してくれたのは、少し離れた場所に座っている高科だった。

同じ一階にある彼の店『ショコラティエ・タカシナ』は、まるで宝石店のような豪華な構えのチョコレート専門店だ。パティスリーイナバと共に、トリニティヒルズ内では集客力がある店舗とされている。扱う菓子類が重複するため、何かと比較されることが多かった。

「いい話じゃないですか」

高科はまっすぐに英一を見てそう言った。

簡素なパイプ椅子(いす)に座っていても迫力がある男だ。彼目当ての女性客も多いと聞くが、それも頷けるほど整った顔立ちをしている。

「うちが、ですか。しかし……」

挨拶(あいさつ)程度の付き合いしかない高科と協力した企画なんてできない。店を継いでまだ一年弱の英一にはそれだけの余力がなかった。

「うちとイナバさんが組めば、盛り上がるよ」

高科からは随分と人懐(ひとなつ)っこい笑顔を向けられた。戸惑いのあまり、でも、と反論する声が小さくなった。

今は父が作り上げた店の味を守ることで精一杯だ。コラボなんてできない。

「やりましょう、いいですね?」

畳み掛けるように言われて、英一は押し黙った。この強引さはなんだ。

よく話したこともないのに、高科に対して苦手意識があった。

高科の店は取材を受けることが多く、彼自身もよくテレビや雑誌に登場していると聞く。客と一緒に写真を撮ったり、サインをしたりしている姿を見かけたこともある。まるで芸能人のように振る舞う姿がどうも軽薄に見えるのだ。

「喜んでお引き受けしますよ。ね、稲場さん」

笑顔を浮かべた高科は、机に手をついてこちらを見た。

何もかも見透かすような目も苦手だ。吸い込まれるような瞳の力が、広い会議室の中に二人きりでいるような錯覚を呼ぶ。

「しかし、その……」

どうにか断ろうと英一は高科を見上げた。だが言いかけた言葉は高科のよく通る声にかき消される。

「お引き受けしますよ。話題になるような商品を作りましょう」

「ありがとうございます、タカシナさん」

統括マネージャーが頭を下げた。彼は高科にとても低姿勢だ。噂（うわさ）によると、高科はトリニティヒルズのオーナーと懇意であるらしい。

「じゃあイナバさんも、いいですね」

「いえ、うちは……」

このままではコラボの話が進んでしまう。英一は慌てて声を上げた。

「大丈夫です」

しかし、英一の声を高科はあっさりと遮った。

「で、いつから販売します？」

高科は積極的に話を進めていく。

三周年記念祭の一週間、毎日数量限定で販売する商品を作る。資材の発注から広告用の写真撮影の日程までが次々とホワイトボードに書かれた。英一が口を挟む間は皆無だった。

「それでは、また来月もよろしくお願いします」

気がつけば会議は終わっていた。会議室を出ていく各店の代表者を呆然と見送っていると、すぐ横に人の気配がした。顔を向けた先で、高科が微笑んでいる。

「というわけで、よろしく」

差し出された手をじっと見つめた。やっぱり納得できない。

「……勝手に話を決めないでください」

握手を拒絶し、ノートを閉じて立ち上がる。

「そんな眉間に皺を作って怒らなくても」

苦笑いした高科は、英一の横に立った。

「今夜、時間ある？　できればゆっくり話したいんだけど」

急に砕けた口調になった高科は、なれなれしく肩に腕を回してくる。

英一は帰国してすぐに、高科の店へ挨拶に行っている。それから顔を合わせれば高科が声をかけてくるものの、挨拶以上の会話はしていない。

「コラボするんだし、お互いのこと色々と知っておきたいじゃん。じゃあ閉店三十分後、従業員出入口の前で」

ぽん、と背中を叩いて、高科はさっさといなくなってしまう。男の後ろ姿が会議室を出て見えなくなっても、英一は立ち尽くしていた。

英一は頭を抱えた。少しずつ、記憶が戻ってきたのだ。

一方的な約束とはいえ、礼儀として断るべきだろうと閉店後に従業員出入口へ向かった。そこでとにかく打ち合わせをしようと高科に連れ出され、食事をする羽目になった。その内にお互い翌日が休みだと分かり、勧められるまま滅多に飲まないアルコールを口にした。そして場所を変え、更に飲んだ。

はっきりと覚えているのは、そこまでだ。

あとの記憶は断片的で、仕事の話をしたことや、何杯目かに飲んだグラスの中身が美味しかったことくらいしか思いだせない。きっと今も頭の中でちゃぷちゃぷと音を立てているアルコールのせいだろう。

「思いだした？」

顔をのぞきこんできた高科の口元に笑みが浮かぶ。それがふと、記憶のそれと重なった。背筋に寒気が走る。圧し掛かってきた男の肌の温もりと重みを、体が思いだそうとしていた。

「……忘れた」

自分に言い聞かせるように呟く。

昨夜のことは忘れるべきだと、理性が忠告している。この体にある痛みの正体なんて、知りたくない。知るべきじゃない。忘れろ。

「ひでぇ。なんだよ、それ」

頭をかいた高科は、子供のように口を尖らせてぼやいた。

「言っとくけど、誘ったのは俺じゃないぞ」

「なんだと」

聞き捨てならない台詞に眉が寄る。それでは英一が誘ったとでも言うつもりか。続く言葉を促す意味で睨みつける。

高科もしばらく鋭い眼差しを向けてきたが、やがてそれを逸らした。

「あんたが寒いって言い出して、俺に抱きついてきたんだよ」

言われてみれば、寒いと言って何か温かいものに抱きついた気がする。ほんの少しだけ浮かんだ映像に、苦々しい気持ちになった。

「……俺は寒がりなんだ。別にお前だから抱きついたわけじゃない」

「なにそれ。じゃあ誰でもいいってことかよ」

高科はそう吐き捨て、口角を引き上げる。そうするだけで彼の表情は傲岸なものに変わった。

「今も裸だし、寒いだろ。暖めてやるよ」

高科はいつの間にかすぐそばにやってきていた。その目には温度の低い光を宿している。

「運動するのが一番だからさ。……それにさっきのキスだけじゃ足りねぇの、俺。裸のあんた見て、もう我慢も限界」

腕を引かれた。バランスを崩した体を組み敷かれそうになり、反射的に手を払う。

「やめろ」

高科の手は、ぞっとするほど冷たかった。今の彼の様子と同じだ。

「誰でもいいなら、別に俺でいいだろ」

責めるような目つきに罪悪感を覚えかけ、すぐにそんな必要はないのだと思い直す。それでも高科をまっすぐ見ることができず、視線を泳がせた。

「あんたさ、甘くていいにおいがするよな」

にじり寄ってくる高科から逃げるように英一は後退った。だがじりじりと距離が詰められていく。逃げ出したいが、高科の動きに隙が見つからない。

「すごくおいしそうで、食べちゃいたくなる」

ベッドの隅まで追いつめられる。近づいてくる顔を両手でブロックした。

「気のせいだ。……あっ……」

不意の刺激に、高い声を上げてしまった。首筋を熱く濡れたものが辿ったせいだ。

「耳と首筋が弱いよね、あんた」

吐息が耳を掠める。耳朶に軽く歯を立てられ、声を必死で抑えるために唇を噛んだ。

殴りつけてやりたいのに指の一本も動かせない。高科の髪が喉元をくすぐり、その些細な感触にさえ震えてしまう。

「それと腰骨も。ここ掴んで揺さぶったら、すげぇエロい声で、もっとってせがんだ。初めてって言うから手加減してたのに、最後はおねだりまでしたよな。泣きまくりの濡れまくりでかわいかったよ」

あまりに卑猥な台詞の数々に、思考が停止した。瞬きも忘れて固まっていると、再び耳に高科の唇が触れる。

「あんたの肌、すべすべで気持ちいい。……髪と同じで、ここも薄い色なんだよな」

「黙れ！」

下半身を覆っていたブランケットまでめくられそうになり、阻止することに意識がいった。その間に、無防備だった足首を掴まれ、引き倒されてしまう。

「っ……」

そこでやっと、腰の重く鈍い痛みに気づいた。ざっと血の気が引く。

本当に自分は、この男に抱かれたのか。

嘘だと言い切れれば、どれだけよかっただろう。だが足の付け根の痛みと腰の奥に感じる重苦しさ、それと裏腹にすっきりしている体が、彼の言葉を裏付けていた。

体が震えそうになるのを、ブランケットを握り締めて堪える。

「あんたの中、とろとろですげぇよかった。……はまっちゃいそう」

頭痛が更に酷くなった。恥ずかしさで人は死ねるのか。このままこの世から消え去りたいと願いつつ、高科の手を振り解いた。

「触るな」

「いやだね」

じたばたしてもあっさりと摑まり、ベッドに両手首を押しつけられる。

まずい。完全に組み敷かれた状態で、英一は視線をさ迷わせた。

随分と趣味のいい部屋だとか、掃除が行き届いているとか、そんなどうでもいいことを考えてしまう。現実逃避だ。

二人とも裸で、かろうじて下半身にブランケットをまとっているだけというこの状況は、かなり危険だ。このまま高科の思うようにされてなるものか。

「離せ」

しかし非力ではない自分が抗っても、高科の手はぴくりとも動かない。そればかりか、彼は王様のような傲慢さで見下ろしてくる。その眼差しからは、獲物を捕らえて楽しむかのような余裕まで感じた。

逃れようと足をばたつかせる。だがブランケットを彼の膝で引き剝がされ、足を開かされる結果になってしまう。

広げられた足の間に高科が体を置いた。かかとで蹴（け）りつけてもびくともしない男は、舌なめずりして首筋に顔を埋めてくる。

指先まで血の気が引き、全身が凍りつく。今頃になって、この男と寝てしまったという事実に打ちのめされた。

よく知らない、しかも同性の相手とふしだらな関係に陥ったという現実を受け止められない。混乱したまま、いやだと繰り返した。

「英一」

顔を近づけてくる高科を避（よ）けようと身をよじる。だがその反応すら、彼を楽しませてしまったようだ。鼻歌が飛び出す上機嫌さで、高科が首筋に何度もキスをしてくる。

このまま、反撃のチャンスを窺（うかが）おう。英一が体を強張（こわば）らせながら膝を立てて逃げの体勢に入ったその時、スマートフォンの着信音が鳴った。

高科が顔を上げる。

「あんたのか？」

床から聞こえたそれに高科の意識が向けられた隙に、彼の下から逃げ出す。床に放り投げたままのシャツからスマートフォンを取り出した。弟の真二（しんじ）からの電話だ。

「……はい」

「兄ちゃん、どこにいるの？　昨夜帰ってこないから、心配したんだよ」

少し高めの声が聞こえ、英一の体から力が抜けた。

二歳年下の弟とは昔から仲が良く、両親が亡くなった今は二人で生活している。真二もパティシエで、同じく店で働いていた。

「ごめん。友達と飲んでたら遅くなったから、泊まらせてもらった。連絡しなくて悪かった」

血が行き渡るように指先をこすりあわせながら、言葉を選んで謝る。何も言わずに外泊したのは初めてだ。心配をかけて申し訳なくなった。

「友達？」

不服そうな声に振り返る。ベッドに横たわった高科が、肘(ひじ)をついてこちらを見ていた。黙れと声を出さずに口の形だけで告げ、睨みつける。そっぽを向いた高科を無視して、スマートフォンを握り直した。

「兄ちゃん？　どうかした？」

なんでもないと伝えたくて、見えもしないのに首を横に振る。

「で、何かあったのか」

「うん、兄ちゃん、今は外？」

なにげない問いかけだと分かっていても、英一は言葉に詰まった。

「……いや」

「あのね、天気予報が大外れで大変。ずっと晴れてるしもう雨も降らないって。で、生ケーキがもう半分ない。ショーケースが空いちゃってる」

「もう？　晴れにしても早いな」

生菓子の売れ行きは天候に左右される。傘が必要な日は数が出ないので、天気予報などを参考に数量を調整していた。今日は大雨の予報だったから、いつもよりも少なめに用意していたはず。

「まとめて買ってくれたお客さんがたくさんいたみたい。このままだと夕方前には完売しちゃうよ。どうすればいい？」

真二の声はどんどん小さくなり、最後は消え入りそうだった。疑問形で終わっているのは、困っている時の真二の話し方だ。これをされると、英一は弟を放っておけなくなる。

父が亡くなってから、店の名を守ろうと二人で頑張ってきた。いつでも自分を慕ってくれる弟を、むげにできるはずもない。

「分かった、今から行くよ。とりあえず、ホールのチーズケーキを作っておいて。得意だろ」

ホールケーキならショーケースの空白を埋められる。チーズケーキなら形崩れがしにくいから、万が一天気が崩れても売れる可能性があった。

「うん、分かった。ごめんね、休みなのに」

「いいよ、気にするな。じゃあ、またあとで」

電話を切り終えた途端、肩にずしりと重みを感じた。高科が顎（あご）を乗せてきたのだ。

「店からの電話?」

「……関係ないだろ」

とにかくこのベッドから抜け出そう。そう思って立ち上がりかけた体に、後ろから腕が回された。

「途中で帰るのかよ」

「何が途中だ。勝手なことばかり言うな」

肘で高科の胸を打つ。腕の力が緩み、抜け出せると思ったのも束の間、今度は腰に腕が回った。

「こっちはもう、その気になってんだけど」

ぐいっと腰を尻に押しつけられた。この硬さで脈打つものの正体は、もしかして。

血液が波のように引き、こめかみがずきずきと痛んだ。駄目だ、そこから意識を逸らせ。その熱いものの正体が何かなんて考えるな。

「店で商品が足りなくなった。困っているみたいだから店に出る」

早口で言い、足をばたつかせてあやしげなものから逃げようともがく。

「あんた今日は休みだろ。弟にやらせとけよ。過保護すぎだろ」

呆れたように言い放った高科だが、腕の力は抜いてくれた。

「ま、仕事なら仕方ないな。じゃあ支度したら行こうか」

「なんでお前と一緒に！」

　怒鳴った瞬間、脳が揺さぶられるような痛みが走った。顔をしかめていると、高科が楽しげにのぞき込んでくる。

「大丈夫？　かなり飲んだから、二日酔いだろ。とにかく、ここは俺の家。あんたどこか分かってないだろ。一人で店まで行けんの？」

「車を拾えばいい」

　この部屋がどこにあるのかは知らないが、それくらいどうにかなるはずだ。

「ここからじゃ無理だって。送ってってやるよ。あと服も、俺のを着ていきな。あんたにはちょっとでかいかもしれないけど」

　英一の体を一瞥（いちべつ）した高科は、にやにやという表現がぴったりくる顔で口を開く。

「少し太ったほうがいいな。俺の好みとしては。もっと肉があったほうが抱き心地がいい」

「お前の好みなんて聞いてない。……見るな」

　舐めるような視線に耐えかね、体を丸める。立ち上がった高科が、椅子に置いてあったバスローブを羽織った。そして同じものを渡してくる。

　おそろいを身につけるのは不本意だが、裸よりはマシだとバスローブを着た。高科に背を向けた状態で前をかき合わせる。

「冷たいね。あんなに激しく愛し合ったのに」

「誰と誰が愛し合ったって？」

懲りずに伸びてくる腕を強く払う。高科は大げさに飛びのいた。

「おっかないな。英一は外見と違って手が早すぎる」

「うるさい。それに名前で呼ぶな」

普段はこんなんじゃない。穏やかだと言われたこともあるし、自分でもそうだと思っていた。幼い時から、真二とだって殆ど喧嘩をしたことがない。

それなのに高科の前ではペースが乱れる。それがまた腹立たしい。どうしてこんな男に振り回されなきゃいけないのか。

感情のまま高科を睨みつけるが、彼は笑っているだけだった。


「何が送っていってやる、だ。ふざけるな」

高科が住むマンションの一階エントランスに着いた途端、見慣れた風景が英一の目に飛び込んできた。高科の部屋は、トリニティヒルズの住居棟にあったのだ。

「だからここから車じゃ無理って言っただろ。さ、行くぞ。店まで送ってやるよ」

「送ってもらわなくて結構だ。一人で行ける」

早足で五分、店の前に着いた。

トリニティヒルズ商業棟の一階は、十字架のような大きな通路で四つのエリアに分けられている。北東にあるL字型のエリアがカフェゾーンで、その一等地にパティスリーイナバはあった。

店内はレモンイエローを基調としており、明るく親しみやすい雰囲気だ。入口の正面に冷蔵ショーケース、左が焼菓子を扱うコーナー、そして右側がガラス張りの厨房(ちゅうぼう)になっていた。

「おはよう」

中に入り、店のスタッフに挨拶をしてから、冷蔵ショーケースを確認する。

半分以上が空いていた。まだ十二時過ぎ、これでは真二の言う通り夕方までもたないだろう。しかも焼菓子まで少なくなっているようだ。

店には英一と真二の兄弟の他、三人のパティシエとアシスタント、六人の販売スタッフがいる。主に英一が生菓子を、真二が焼菓子を担当していた。

「平日なのにすごい売上じゃん」

ショーケースを眺める高科の存在は無視して、ガラス張りの厨房を見る。

厨房では白いシェフコートに帽子を身に着けた真二が、オーブンをのぞき込み横にいるアシスタントに何か話していた。それから作業台に戻ってくる。

くるくると動くその姿は、弟ながら愛らしい。小柄な弟の姿は見ているだけで和む。

兄弟とはいえ、英一と真二はまったく似ていなかった。英一は神経質そうな線の細い顔立ちで、真二は大きな目が印象的な童顔だ。体格も英一のほうが一回り大きい。

作業台に戻ってきた真二が顔を上げた。目が合った途端に表情が明るくなり、すぐに厨房から出てくる。

「兄ちゃん、来てくれてありがとう。ごめんね、休みなのに」

「いいよ。あれだけ出たら慌てるだろう。仕方ない」

真二に安心するよう微笑みかけ、冷蔵ショーケースの裏に回った。レンガの壁で仕切られた裏側は通路と事務所スペースになっている。客からは見えない場所だ。

「よっ、久しぶり」

後ろから聞こえた声に驚いて振り返る。高科が勝手についてきていた。

「おい」

ついてくるな、と言いかけた英一より先に、真二が能天気な声を上げる。

「あ、満典も一緒？　どうしたの、珍しいね」

「……？」

真二は高科を名前で呼んだ。英一は驚きで何も言えないまま二人の顔を見比べる。

二人は二十六歳で同い年のはずだ。しかし子供っぽさが残る真二に比べ、高科には年齢以上の落ち着きとふてぶてしさがある。彼らが知り合いだという話は聞いたことがない。

「ちょっとね、お兄ちゃんと話があって」

英一の肩に高科の手が置かれた。すぐそばから聞こえてくる声に、体が強張る。他人とこんなに近い距離で話す機会などなくて、奇妙なほど心拍数が上がっていた。

「……お前はもう帰れ」

緊張を隠そうと、低い声で告げる。

「なんだよ、まだいいじゃん」

そう言って高科は厨房をのぞき込んだ。

「中に入るなよ」

放っておくとどこまでも入り込みそうな男に釘を刺す。どうしてこうもライバル店の中にずかずかと入ってくるのか。神経を疑う。

「なあ、本当にこれから仕事するのかよ。あんた今日は休みだって言ったじゃん」

「当たり前だろ。とにかく、帰れ」

高科の呆れた口調に心がささくれ、声を荒らげてしまった。

「まあいいや。これで貸しひとつな」

ひらひらと手を振って出て行く高科の背を睨みつける。どこまでもむかつく男だ。

できるなら、時間を丸一日巻き戻したい。そうすれば、高科の誘いを断れる。

ありえないことを考える内に、頭の痛みがぶり返してきた。

「……着替えてくる」

真二に声をかけてから、顔をしかめつつバックヤードに入る。コンクリート打ちっぱなしの通路には、各店舗の荷物が積まれ雑然としていた。

突き当たりにある男性用更衣室の隅に英一のロッカーがある。鍵を開けてから、中にコートを押しこんだ。シャツに手をかけると、ふわりと柑橘の香りがする。高科の部屋を出る前にシャワーを使わせてもらったが、柑橘系の香りがするボディソープしかなかったのだ。普段は無香料のものを使っているだけに、どうにも落ち着かない。

そもそもシャワーも大変だった。英一は自分の記憶を頭から追い出すかのように深くため息をつく。鏡に映る自分の体に残された痕跡は直視できなかったし、体の奥からは……。

英一は唇を噛んだ。余計なことを考えるのはやめよう。思いだすと記憶は強固なものになるとどこかで聞いた。何もかも忘れよう、そうするしかない。

白いシェフコートを身にまとう。それだけで背中がぴんと張った気分になるから不思議だ。

昨夜のことは忘れろ。胸に手を置き、改めて自分に声をかける。

初めて酒で失敗した。それだけだ。あれは事故だ。必死に言い聞かせ、更衣室を出て店に向かった。

店に入る手前で入念に手を洗う。いつでも二十度に保っている厨房内に立つと、軽く寒気がした。

「真二はチーズケーキを並べたらティラミスロールと焼菓子にかかってくれ。俺はガトーショコラを作る」

腰と頭に鈍い痛みを抱えながら、真二に作業指示を出す。

「はい」

頷いた真二が冷蔵庫に向かう。それを目で追っていると、ガラスの向こうの通路に高科が立っていることに気がついてしまった。近くのカフェのロゴが入ったプラスチック容器にはコーヒーらしき液体が入っている。この時期に冷たいコーヒーを飲む高科とは気が合いそうにない。

高科は通路に立ったまま見ているつもりらしい。彼を視界に入れないよう、英一は作業に意識を集中させた。

定番のガトーショコラはシンプルなレシピだからこそ、ひとつひとつの工程を丁寧にする必要がある。すべての材料を用意してから、ビタータイプのチョコレートとバター、生クリームをボウルに入れる。湯煎(ゆせん)にかけ、中心から揺するように混ぜて乳化させている間に、アシスタントにメレンゲを作ってもらう。

出来上がった艶(つや)のある細かいメレンゲをチョコレートを溶かしたボウルに入れる。さっくりと混ぜ、型に流し込む。表面をならして高さを揃え、オーブンに入れた。タイマーを掛けてほっと息をつく。その頃になるともう高科の姿はなかった。

「やっと帰ったか」

思わず口から出た呟きに、近くに立っていた真二が手を止めた。何度か瞬きした後、ああ、と頷く。

「今日はいつもより熱心に見てたね」

「……いつも？」

「うん。開店前によく見に来てるよ」

全然知らなかった。ボウルを引き寄せようとした手が止まる。

「朝、ここの通路を使うみたい。毎日ってわけじゃないけどね。あとたまに夜も」

高科の店は、L字型のエリアの対角線上にある。この通路を使う必要はないはずだ。

「暇なのか、あいつは」

つい毒づいたが、真二に否定された。

「まさか。満典はすごく仕事熱心だから、店に遅くまで残っていることも多いよ」

「あいつが仕事熱心……」

高科の姿からは最も遠い四文字の言葉だと思うが、そうではないらしい。真二がぶんぶんと頭を縦に振る。

「オープンからしばらくは夜中まで仕事してた。今もシーズンごとに商品を半分くらい入れ替えてるんじゃないかな」

真二はいかに高科が期待されているショコラティエなのかを熱弁した。同い年として、憧れると同時に刺激を受けているらしい。

彼の口から高科のことを聞くのは、これがほぼ初めてだった。

「真二はあいつとよく話すのか？」

「うん、顔を合わせれば話すよ。でも僕より、父さんとよく話してたかな」

初耳だ。高科と父がどんな会話をしていたのだろう。想像できない。

「兄ちゃんはいつの間にあんなに親しくなったの？」

真二はガラスケースに顔をくっつけている子供に手を振った後、英一を見て首を傾げた。

「親しくなったわけじゃ……」

「でも仲良くないと兄ちゃんはあんな話し方はしないでしょ。びっくりしたよ」

鋭いところをつかれ、返答に困った。

真二の言う通り、高科にはどうしても言葉が強くなってしまう。それはたぶん彼のなれなれしさのせいだ。

「まあでも、仲良くなれると思ってたよ。二人とも、ちょっと似たところあるから」

「俺とあいつが？　似てるわけないだろ」

心外なことを言われ、英一は眉を寄せた。

「うーん、まあ、そういうことにしておくけど」

ところで、と真二が作業台の上を拭きながら続けた。

「コラボ商品はどんなのにするか決まった？」

「……まだ考え中だ」

やっと昨夜の目的を思いだした。その打ち合わせのために出かけたのに、結局その話題に辿りつかなかった気がする。

「ふーん、決まらなかったんだ」

幸いにも真二はそれ以上の追及をしてこなかった。タイマーが鳴り、英一はオーブンへ向かった。


「おはよう。今日も早いね」

翌日の開店前、準備であわただしい店内に高科がやってきた。

黒のシェフコートは金の縁取りが施され、お揃いの帽子と共に高級感を前面に押し出している。背が高くてバランスの取れた体型の彼には、とてもよく似合っていた。

「あと二十分で開店だ。用があるなら後にしてくれ」

高科を相手にしている時間はないし、そもそも関わりたくない。ケーキを入れたトレイを冷蔵のショーケースにしまう。

「へぇ、そういう態度に出るわけ。俺、あんたに貸しがあるはずだけど」

高科はそう言って、店の壁にもたれかかった。まるでそこが自分の居場所であるかのように、ごく自然な動きだった。

「お前が勝手に貸しだと言ってるだけだろ。忙しいんだ、帰ってくれ」

そのまま背を向けると、すぐにため息が聞こえた。それを無視して厨房に戻ろうとしたものの、足を止めざるを得ない小さな声が耳に入ってくる。

「あの夜のこと、ここで喋(しゃべ)っちゃおうか」

「なっ……」

あまりに予想外のことを言われ、呆然としたまま振り返った。高科はその端整な顔に、まぶしいほどの笑みを浮かべている。

「俺は別にいいんだぜ。あんたを俺のものだってここで宣言しても」

周囲には当然、店のスタッフがいる。少し大きな声を出せば会話が筒抜けになる距離だ。さすがに聞かれるのはまずい。

「誰がお前のものになったんだ」

声を抑えて凄んだものの、高科は飄々とした態度を崩そうとはしない。

「なったじゃん。体の奥まで、さ」

堪忍袋の緒が切れる音がした。自分より少し背が高い高科の胸元に掴みかかる。

「黙れ！」

「おおっと、おっかないなぁ」

両手を上に挙げた高科がおどけた顔をする。そのわざとらしさが苛立ちに火を点け、強く拳を握りしめる。

「ストップ。ここで俺を殴ったら、すごい騒ぎになる。それでもいいのか？」

「……くそっ」

周囲の注目を浴びていることに気がつき、手を離した。

行き場を失った怒りに全身が震える。高科に背を向け、落ち着けと自分に言い聞かせた。

この男は、人を苛立たせることに関して天才だ。関わらないのが最善策だ。

「あんまり怒ってると美人が台無しだぞ」

肩に手を置いてのんきな声をかけてくる男を、力の限り睨みつける。

誰が美人だ。生まれてこの方、そんな馬鹿げたことを言ってきたのはこの男だけだ。

「もうお前が言うことに耳を貸すのはやめた。時間の無駄だ。とにかく帰れ」

「そうカリカリすんなって。まあそういうとこもかわいいんだけど」

聞き捨てならない台詞に、また血圧が急上昇する。

「ふざけんのもいい加減にしろ」

再び彼に手を伸ばしかけたその時、呆れた声が割って入った。

「二人とも落ち着いてよ。朝から何をそんなに興奮してんの」

ショーケースに出来上がったケーキを納めていた真二だった。困った顔の弟に戒められ、あまりに熱くなった自分を恥じる。

「俺は落ち着いてるけど、お兄ちゃんが興奮しちゃってんの。いつも朝から元気だよな。……っと、そんなに睨むなって。俺はただ打ち合わせの約束に来ただけ」

しゃあしゃあと言ってのけた高科は、顔を寄せて腹立たしいほどのいい笑顔を見せた。

「今日の二時、裏の休憩室で待ってる」

それだけ言って、高科は右手を肩の位置で振って出て行く。

「なんだあいつ、いつもいつもふざけて」

急いで手を洗った。不潔なものを触ってしまったから、よく洗わなくては。

手を乾かしていると、笑い声がした。振り返ると、真二が笑っている。

「何がそんなにおかしい」

「兄ちゃんをそこまで怒らせるなんて、満典ってすごいなぁと思って」

真二の横にいるアシスタントも、作業をしながら苦笑いしていた。よく見れば、洗い場や販売スタッフも肩を震わせている。

「あいつとは気が合わないんだ」

エキサイトしてしまった気恥ずかしさに顔が熱くなった時、開店十分前の店内放送が流れた。

気持ちを切り替えよう。ショーケースに並んだケーキを確認し、厨房に戻る。

一日の始まりだ。いつもならすがすがしい気分だが、今日は気が重い。それも全部、一方的な約束をしていったあの男のせいだ。


トリニティヒルズには従業員用休憩室が数ヵ所あるが、英一と高科のどちらの店からも近いのは一階のバックヤード奥、更衣室の隣だ。テーブルと椅子が並び、テレビが一台と飲料の自販機が置いてあるだけの、簡素な部屋だった。

昼休憩が一段落した中途半端な時間のせいか、室内には数人しかいない。見回すと、奥に陣取り紙コップを手にしている高科が目に入った。

「仕事の話しかしないからな」

最初に釘を刺してから、高科の正面にある椅子に座る。テーブルにはノートを置いた。

「なんだよ、いきなりおっかないなぁ」

紙コップを口にしつつ大げさにのけぞる高科を一瞥し、持ってきたノートを開く。この男のペースにはまらないためには、主導権を死守する必要がある。

「じゃあまず、商品だけど……」

打ち合わせは始まってすぐに行き詰まった。お互いの考えがまったく違うので、先に進みようがないのだ。

「テーマを決めてお互いの店で商品を作ればいいじゃないか」

コラボといっても、英一は個別に作った商品を詰め合わせるつもりだった。しかし高科は、まったく新しい商品を共同で作るのだと譲らない。

「だから、それじゃあコラボの意味ないって」

高科はテーブルに肘をつき、首を横に振る。

「では何を作るつもりだ？」

計画を聞くだけはしてみようか。譲歩して口にした質問の答えは、あっさりしたものだった。

「それを今から考えるんだよ」

「今から？　あと二ヵ月しかないんだぞ」

しかもその間に、バレンタインデーとホワイトデーというどちらにとっても繁忙期があるというのに。

まっすぐにこちらを見ていた高科の黒い瞳が細められ、唇が横に引かれた。

「二ヵ月もある、だろ」

どこか楽しそうに言いながら、高科はテーブルにあった紙コップを差し出した。

「飲む？」

「結構だ」

何故、自分の飲みかけを渡そうとするのだろう。まったくこの男の言動が理解できない。英一は心の中で大きくため息をついて、自分でもよく分からない感情を更にうやむやにした。

「じゃあまず、ターゲットを考えてみよう」

高科は姿勢を正して真顔になった。仕事の話を進める気になったようだ。

「客層はいつも俺達の店に来る人ではなく、このトリニティヒルズに買物に来る人全部だ」

「何か違うのか？」

「大違いだ。ここに来た客全員が俺達の店に来るわけじゃない」

高科が言うのは尤(もっと)もだ。トリニティヒルズには毎日、数千から一万の人がやってくると聞いている。その内のほんの何パーセントしか、英一や高科の店には来ない。

「最近、この中を歩いたか？　一部リニューアルしただろ」

「……悪いがよく知らない」

店の運営に精一杯で、英一はトリニティヒルズの中をろくに歩いたこともなかった。

五階建ての施設内でよく足を運ぶのは、取引のある青果店と輸入食材やワインを扱う店、それにスーパーと書店くらいだ。隣のカフェにはバイトの面接時しか入らないし、飲食店がたくさんある五階には未だに行ってない。

「そんなんでよくここで店をやってるな」

形のよい指先を頬に当てながら、高科が言った。

忙しさを言い訳にしてきた自覚はある。彼の言い分が正しい気がする。分が悪い気がして、英一は開いたノートの罫線に目を向けた。

「……悪かったな」

高科も何も言わない。うるさいくらい喋るくせに、こんな時は押し黙り居心地を悪くさせるのは何故だ。なんか言え。

八つ当たり気味にそんなことを考えていると、高科がやっと口を開いた。

「明日から俺とデートしようぜ」

「デート？　なんでお前と？」

眉を寄せる。高科が紙コップを握り潰した。

「デートって言い方が駄目なら、視察でどうだ？　トリニティヒルズ内を見て回るんだよ。きっと楽しいぜ」

自分の思いつきに満足したのか、高科はうんうんと頷いている。

「早速今からと行きたいが、もう時間もないしこの格好じゃ悪目立ちする。明日にしよう。ちゃんと私服着てこいよ」

じゃあな、と紙コップをゴミ箱に放り込んだ高科は、振り返ってへらへら笑って休憩室を出て行った。

「おい待て」

英一が声をかけるのと背中が見えなくなるのはほぼ同時だった。

またあの男のペースに巻き込まれてしまった。腹立たしさを抱えつつ、自分も戻ろうと立ち上がる。結局コラボ商品の話を殆どしていないと気づいたが、後の祭りだった。


「満典が来てるよ」

ミルフィーユの仕上げ作業をしていた英一は、真二の声に顔を上げた。ガラスの向こうの通路に、普段着の高科が立っている。壁の時計を確認するが、まだ一時半だ。

いつの間にか、毎日午後二時に高科と打ち合わせをすることになっていた。遅れると迎えに来る上、ここであの夜の話をしようとするので、仕方なく足を運んでいる。

「まだ時間じゃない」

ナパージュしたいちごをクリームへ丁寧に載せていく。これで完成だ。

「でも用があるみたいだよ。それが終わったら、もう行ったら？」

真二に促されなくてもそのつもりだった。そうする、と答えながら、仕上げたミルフィーユをトレイに載せた。

「あとは頼む」

店頭に並べることと片づけはアシスタントに任せる。

作業は一段落したものの、今日は忙しかった。できれば高科との打ち合わせは早く切り上げたい。

手を洗って厨房を出ようとすると、ガラスの向こうで高科が屈み込んでいるのが目に入った。

何をしているのだろう。首を伸ばすと、高科が小さな子供に話しかけられているのが見えた。英一と話している時とは違い、優しそうな笑顔だ。

この一週間ほど、英一は高科とトリニティヒルズの中を見て回った。そこでも彼は子供によく声をかけられたり抱きつかれたりしている。じっと顔を見てきた子供にぎこちなく微笑んだだけで泣かれた自分とは大違いだ。どうやら彼は子供に好かれるらしい。

「どうした？」

店を出て高科に声をかける。高科が子供に手を振って別れを告げ、こちらに駆け寄ってきた。

「これから出かけることになったんだ。それを伝えに来た」

「そうか。じゃあ今日はいいな」

これで二時からも仕事ができる。よかったとその場で店に戻ろうとしたら、おいおい、と肩を掴まれた。

「ちゃんと話を最後まで聞けよ」

高科に言われたくない注意を受けて、眉を寄せる。

「なんだ」

コートを手にした高科は、こほん、と咳をした。わざとらしいのはこの男の標準仕様だと、この一週間で英一は学習している。無言で続きを促すと、高科が口を開いた。

「今日の夜、空いてないか？」

「空いてない」

即答する。下手に会話を続けると、高科の術中にはまってしまうことも学習済みだ。彼には必要最低限の会話で充分だ。

「えー、せっかくあんたの口に合いそうな店に案内しようと思ったのに」

「興味ない」

そっけなく返し、今度こそ厨房に戻ろうとする。だが高科に手を掴まれた。

じっと目を見つめられるくすぐったさを、何度も瞬きをしてやり過ごす。高科の視線はどうにも苦手だ。

「俺の前で酔うのが心配？」

高科の声が一段低くなった。彼の声は、低いがよく通る声だ。砂糖を入れすぎた生クリームのように甘く重くて、耳に残る。

彼の手がさりげなく腰に回された。それを眉ひとつ動かさずに叩き落す術も、英一はここ数日で覚えた。

「まさか。悪いが忙しい、失礼する。お前もバレンタインが近くて忙しいだろう。俺に構わず、仕事をしてくれ」

高科に背を向ける。何か呟いている彼を無視し、英一は厨房に戻った。


コラボ企画の商品が決まらないまま、二月に入った。もうすぐバレンタインデーだ。

高科は多忙を極めている、らしい。都心の百貨店に期間限定で出店している上、トリニティヒルズ内の特設会場や全国各地からの注文に対応しているのだという。

それでも高科は毎日のように英一の前にやってくる。ただ朝は邪険にされると彼も察したらしく、開店前は避けるようになっていた。

「——飯、食いに行こうぜ」

公園で昼食をとろうと誘われ、寒いからいやだと断ったのは昨日のこと。今日はトリニティヒルズの五階にある創作和食の店に連れて行かれた。

リベンジだと真顔で言われ、窓際の半個室にエスコートされる。

半月型の木の椅子とテーブルは意外と狭い。どうしても正面に座った高科との距離が近くなる。ここはどうやらカップル向きの席らしい。居心地の悪さを覚えつつも額をつき合わせるようにしてメニューを見た。だが面倒になって高科に任せた。

「苦手なものはないのか？」

「ない。なんでも食べる」

「じゃあこっちだな。頼むぞ」

彼がオーダーするのを聞きながら、窓の外に視線を向ける。この席からは、住居棟との間にある公園と駐車場が見えた。

「すごいな、満車になってる」

立体駐車場の空きを待つ車の列を見て、改めてここの集客力に驚く。

「土曜だからな」

注文を終えた高科も外を眺める。

目に付くのは若い家族連れだ。年輩客やオフィス棟で働く会社員の多い平日とは、明らかに客層が違う。データとしては理解していたつもりだが、改めて実感した。

「あそこの上も登れるんだぜ」

　高科がオフィス棟の上を指差した。

「有料の専用エレベーターがあるんだよ。マンション住民用のレストランがあって、夏はあそこでビアガーデンをやってる」

「へぇ、そうなのか」

　何階建てかは知らないが、かなりの高層ビルだ。夜ならばきっと都心のきらびやかな夜景を一望できるだろう。

「夏に行こう」

　身を乗り出してきた高科に笑顔で誘われた。

　素敵な施設だと思うが、別に高科と行く必要はない。

「？　何故？」

「そりゃあ、お互いの親睦（しんぼく）を深めるためだろ」

　高科が顔を近づけてくる。どうしてそんなに耳の横で喋るのだろう。不思議な距離感から逃れるべく背筋を正した。

「別に親睦を深める必要は感じていない。ライバル店と仲良くしてどうする」

「え、俺のことライバルだと思ってくれてんの？　それは光栄だな」

高科は運ばれてきた水を口にし、嬉しそうに微笑む。華やかな顔立ちは、そうすることで一層魅力的になった。

「ひとつ大事なことを忘れているようだが」

「なんだよ」

テーブルの上に置いた手に、高科の視線を感じる。引っ込めると、残念そうに見上げてくる彼と目が合った。

「商品の企画だ。俺はそのためにお前と会っている。こうしてまったりするためじゃない」

「仕方ないじゃん、決まらないんだから」

「だから決めようと言ってるだろ」

まだ何を作るのかさえ決まっていない。商品のアイディアが浮かばないのは問題だ。

「俺はたくさん提案したぜ。あんたがことごとく却下してるだけだ」

確かに、これまで高科からは数種類の案が出た。だがどれもパッケージからオーダーするような大規模なもので、時間的に不可能なものばかりだった。

「もっと現実的なアイディアを出せ」

「そう言われてもな……。既存のものを使うなら今のラインナップから商品を決めなきゃいけないぞ」

高科はテーブルを人差し指で叩いた。

「それでいいと言っている」

オリジナル商品を作りたい高科と、既存商品でどうにかしたい英一の話しあいはいつも平行線だ。今日も同じことを繰り返している。

「おまたせいたしました」

ランチが運ばれてきた。ごまだれがかかったからあげと色とりどりの野菜がメインの定食がふたつ。同じメニューを食べろということらしい。

「食うか」

「そうだな」

いただきます、と手を合わせてから小鉢に手を伸ばすタイミングが重なる。英一は高科と顔を見合わせてしまった。にこやかに笑いかけられ、妙なくすぐったさを覚えて顔を伏せる。

ほうれん草の入った味噌汁を口に含む。高科がからあげを口に入れた。彼は箸使いが綺麗だ。よく手入れされた指が自在に箸を操る姿に感心する。

それに比べ、英一は箸使いに自信がなかった。子供の頃から苦手だった上、海外生活が長くなった今では、箸に意識を集中させないとうまく食事ができない。

料理はどれもおいしかった。高科は食べながら喋るタイプではないようで、静かに早く食事が終わる。最後に出てきた杏仁豆腐は少し粉っぽさが目立った。

会計はきっちり割り勘にして、創作和食の店を出る。今日の打ち合わせはこれで終わりだろうか。

二人でエスカレーターに乗ったところで、先にいた高科が振り返る。

「料理はうまいけど、デザートはちょっと、なぁ」

小さい声で言って肩を竦めた彼は、前に向き直ってから続けた。

「あんたの店に行こうぜ」

「うちに？」

「そう」

先を進む高科について行く形で、英一は店に戻ることになった。ちょうど手が空いていたらしい真二が店頭に出てくる。

「あれ、早いね」

「まだ打ち合わせの途中なんだ」

高科はそう言ってからショーケースを眺め、桃のタルトを買った。裏で食べるからとタルトを紙皿で受け取る。

「口直ししよう。付き合ってくれよ。もちろん、打ち合わせもさ」

まだ時間は大丈夫だろ、と腕を引っ張られた。よく分からない展開に首を傾げていると、真二も同じように首を傾げている。

「とりあえずお兄ちゃんを借りてくぞ」

「え、うん。じゃあ、……いってらっしゃい？」

「あ、ああ」

兄弟二人とも高科のペースに巻き込まれてしまったようだ。そのまま英一は休憩室まで連れて行かれた。

仕方なく椅子に座る。高科は早速タルトにフォークを刺した。

「はい」

口元にタルトを突きつけられた英一は、その意味が分からず瞬いた。

「食べさせてやるよ」

高科ににっこりと笑われた。

「自分で食べられる」

皿に載っていたもう一本のフォークを取ろうと手を伸ばす。しかし高科が皿を遠ざける。

「あまり抵抗するとかえってあやしいぜ。ほら、あーん」

真顔でフォークに刺したタルトを口元に運ばれる。仕方なく、それを口にした。

「うまい？」

タルトを飲み込んでから口を開くまで、少しの間ができた。その間に高科もタルトを頬

張る。

「……誰が作ったタルトか忘れたのか」

眉を寄せて問う。自分が作ったケーキの感想を聞かれたのは初めてだ。

「あんたが作ったんだろ。ん、うまい。デザートって大事だよな。もっと食べる？」

「結構だ」

食事を終えたばかりだというのに、高科は食欲旺盛だ。大きめに作ってある桃のタルトをぺろりと食べ終える。

「そうだ、タルト作るか。ショコラムースにナッツたっぷりとか、いいんじゃないか」

「うちは春に限定タルトを出すことになっている。だから今回は駄目だ」

正直に答える。高科は派手なため息をつき、口を尖らせた。さっきまでの笑顔とは打って変わった渋面だ。

「あれも駄目、これも駄目ってさ、じゃあ、あんたは何が作れるんだよ？」

そう問われても、すぐには思いつかない。答えに迷った末、今店にあるものなら、と返した。

「それは親父さんのレシピだろ」

テーブルを爪先で叩きながら、高科はこちらに曇りのない眼差しを向けてきた。

「ああ」

店を継いでから定番の商品のレシピは変えてない。季節の限定ものも基本的には父親がいた頃と同じ商品を出せるようにしている。

「俺はあんたが作った商品とコラボしたい」

高科が何を言いたいのかよく分からなかった。

「……作るのは俺だぞ」

だから正直に事実を言ったのに、返ってきたのはため息だった。

「そうじゃなくて。あーもう、じゃあ聞くけどな。あんたくらいの経歴があれば、自分の名前で店を出せただろ。そうしないで父親の店を継いだのは、なんでだよ」

店を継ぐ理由など、考えたこともない。そうするのが当然として育ってきた。ただその時期は、英一が思っていた以上に早くて突然だった。

「これからずっと、同じ味だけを作るのか？」

矢継ぎ早の問いに眉を寄せる。高科は同じ味と簡単に言うけれど、それがどれだけ難しいことか分かっているのだろうか。

英一は亡き父を尊敬していた。父の背中はまだ遠い。もどかしくて焦ることもあるけれど、それでも今は、地道に頑張るしかないのだと分かっている。

「あんたはそれでいいのかよ」

「お前に何が分かる」

大きな声が出た。休憩室の視線が集まる。英一は高科を睨みつけたが、彼は目を逸らさなかった。

「俺は稲場英一が作った物をコラボ商品にしたい。それだけだよ」

高科は腹立たしいほど長い足を組んだ。じっと見つめられ、英一は唇を噛んだ。どうして彼の目に熱が宿っているのだろう。それに押されて負けたような気持ちになるのは悔しい。

「今は店の味を守ることが第一だ。……失礼する」

英一はそのまま振り返らずに休憩室を出て、店に戻った。

丁寧に手を洗う。厨房に戻ると真二がおかえり、と言ってくれた。おかげでほんの少しだけ、気持ちが落ち着いた。

「満典はタルト食べた？」

だが真二の問いに、自分でも驚くほど心がささくれる。

「……ああ」

それだけ答えて、英一は冷蔵庫に手をかけた。高科の話はしたくない。あんなどこまでも失礼な奴(やつ)のことなんて頭に浮かべるのもいやだ。

黙々と作業にかかる。だが時間に比例して腹立たしさは募っていき、口数が減る。自分でぴりぴりした空気を出していると分かっていても、英一にはどうすることもできなかった。

その日の閉店直後、英一が店に残って売上データの整理をしていると、高科がやってきた。

「いいこと思いついたんだ。なあ、あんた、エクレア得意だろ」

黒いシェフコートの上を脱いだラフな格好で、入ってくるなり昼間の言い争いなどなかったように話しかけてくる。

「いきなりなんだ。勝手に入ってくるな」

鍵をかけていなかったことを後悔しつつ、プリントアウトした売上レポートを隠した。

「コラボ商品の話だよ」

弾んだ声で高科は続けた。

「エクレアを作ろうぜ。今のしっとりとしたやつじゃなくて、しっかり焼きあげたタイプがいい」

英一はフランスのパティスリーにいた時、毎日エクレールを作っていた。今店頭にある昔ながらのエクレアとは違い、生地が硬くしっかりしたタイプだ。

「中のクリームまであんたが作って、それに俺が作ったプレートを載せる。三周年にちなんで、三本入り。どうだ?」

高科は夏休みの計画を話す子供のように目を輝かせていた。それで、と話を続けようとするのを遮る。

「ちょっと待て。うちはずっと、今のエクレアを出してきた。ここで変えるのは難しい」

父がこだわって作ったエクレアは、柔らかいシュー生地にカスタードクリームをたっぷり入れ、チョコレートをかけたオーソドックスなスタイルだ。開店当初から同じ味で、今でも人気商品のひとつだった。

「今回だけならいいじゃん。定番にしろなんて言ってない」

畳み掛けられ、しかし、と声を上げる。だが続く言葉は見つからなかった。

疲れのせいか、それとも高科の勢いのせいか、どうも頭がうまく回ってくれない。

「いいから作ってくれ」

強引な男は、肩を叩いて笑った。そしてばたばたと出て行った。

なんでエクレアなんだろう。簡単に作れと言われたが、しばらく作っていない。修業時代のレシピは、自室の片隅に置いた段ボール箱の中に眠っているはずだ。

椅子に腰を下ろす。たった数分の間に一方的なことをまくし立てて去っていくなんて、まるで嵐(あらし)のような男だ。

「来ると迷惑なところも同じだな」

ため息をついて時計を見る。今日はもう帰ろう。疲れた。

英一の自宅はトリニティヒルズから車で五分の距離にある。いつもは真二と二人で車通勤だが、今日は先に帰らせていた。

コートに手袋、マフラーをしてもまだ寒い。吐いた息はメレンゲのように白かった。

高科の提案が頭をぐるぐる回る。しっかり焼きあげたエクレールの作り方を思いだしながら、人通りが多くない道を歩くこと約二十分、自宅が見えてきた。

トリニティヒルズが出来る前は、店の上が住居だった。立ち退きに当たって自宅が必要となり、父は比較的近くにこの一軒家を購入した。庭がない代わりに駐車スペースが二台分ある、小さな家だ。

「ただいま」

ドアを開けて暖かいリビングに入ってから、コートと手袋を脱いだ。

「おかえり。お風呂(ふろ)沸いてるよ。遅かったけど、何かあった？」

ソファにはパジャマ姿の真二がいて、髪をタオルで拭っていた。

「帰り際に高科が来た」

すっかり冷えた体を温めるため、ストーブの前に座った。暖かい空気に表情が緩む。

「満典が？　打ち合わせにしても、遅くに大変だね」

真二が横に屈み込んだ。

「ああ。エクレアを作れと一方的に言われた」

冷えた手を温める。真二の視線を感じて顔を横に向けると、彼は少しだけ考える顔をした。

「エクレア？　へぇ、意外だけどいいかもね」

明るく言った真二を横目で見てから、ため息をつく。

「今あるエクレアとはまったく違うタイプなんだ。うちのイメージには合わない」

「そう？　うちのエクレアは子供向けだから、新しいのを出してもいいと思うけど。エクレアは何種類あってもいいよね」

屈託のない笑顔を返されて、英一は目を見開いた。エクレアを何種類あってもいいと考えたことはなかった。英一にとって、店のエクレアは父のレシピで作るものただひとつだ。

「……父さんのレシピじゃなくてもか」

改めて確認すると、真二は首を傾げた。

「それだと新しいエクレアとは言わないじゃん」

肩を竦めた真二は、立ち上がりタオル片手に風呂場へ向かう。その背中があまりにもいつも通りで、英一は小さく息をついた。

真二は父の味にこだわっていないのか。想像もしてなかった。せっかく温めた指先がどんどん冷たくなるのを感じていく。

もしかして、こだわっているのは自分だけなのか。

「あのさ、ひとつ相談していい？」

手ぶらになった真二が戻ってきた。

「なんだ？」

「今度、友達が結婚することになったんだ。それでウェディングケーキを頼まれた」

真二は高校時代からの友人の名前を挙げた。真二の交友関係に明るくない英一にも聞き覚えがあるので、たぶん相当親しいのだろう。

「それは頑張らないとな」

「うん、彼女も同級生だったから、張り切って引き受けたんだけど、クロカンブッシュがいいってリクエストされてて。僕、作ったことないんだよ。どうしたらいいかな？」

真二の声が徐々に小さくなる。

クロカンブッシュは、ミニシューを円錐型に積み上げる飾り菓子だ。フランスでは祝い事に使われるため、英一もよく作っていた。

「基本的な作り方は難しくないから大丈夫だ。こつは教えるし、何かあったら俺が手伝うよ」

「ありがとう！」

曇っていた表情を晴れやかなものに変えた真二は、よし、と立ち上がった。

「よかった、これでなんとかなりそう。来週、詳しい話を聞いてくる。また相談に乗ってね。あ、お風呂が冷める前に入っちゃったら?」

「そうしようかな」

ストーブの前は離れがたかったが、よし、と気合を入れて立ち上がる。脱衣場はほんのりと温もりが残っていて、真二の気遣いを知った。

服を脱いでから、鏡でちらりと自分の体を確認した。

ごく平凡な、肉の少ない男の体だ。それなのにどうして、あんな過ちが起きたのか。

脳内にはあの夜の出来事が断片的にこびりついている。どうにかすべて削除したい。そのためには、忘れることが一番だ。傷をふさぐには、かさぶたに触らないほうがいい。

シャワーを手にとる。あの日、シャワーも浴びずに耽(ふけ)った行為を思いだし、足が震えた。英一は頭を横に振った。思いだしては駄目だ。忘れろ。

すべてを流そうと、シャワーを浴びる。いつもよりも冷えた体を早く温めたくて、すぐに肩までバスタブに浸(つ)かった。目を閉じ、体を芯まで温める。

ばたばたと足音がして目を開ける。ガラス越しに人影が見えた。

ドライヤーと真二の鼻歌が聞こえてくる。真二はいつも楽しそうだ。

この家で弟と二人暮らしになって約一年。家と仕事場でずっと一緒だというのに、驚くほどうまくやっていけている。なんの不満もない、穏やかな生活はぬるま湯に浸かっているような心地よさだ。

いつまでこの生活が続くかは分からないけれど、できればずっと続けていきたい。ぼんやりとそんなことを考えていると、頭の中にふと高科の言葉が浮かんだ。

『俺は稲場英一が作った物をコラボ商品にしたい』

一瞬にして頭が沸騰した。分かったような顔と口調で、好き放題言いやがって。

「くそっ」

なんでリラックスしている時まで、あの男のことを考えてしまうんだ。忌々しさに舌打ちしつつ、バスタブを出た。温かい内に掃除をしてしまおうと栓を抜き、湯が無くなる前に頭と体を洗う。

最後に湯の抜けたバスタブを洗った。掃除を終えてバスタオルで体を拭う。干してある洗濯物から無造作にとった下着を身に着けようとして、手を止めた。

これはあの夜に穿いていた下着だ。気がついたら頬がかっと熱くなる。かさぶたを自分ではがしてしまった失態に舌打ちした。

それでも自分は、寝る前に部屋の中からエクレアのレシピを探すだろう。作れと言われて作らないのは、逃げるようでいやだ。

結局は高科に押し切られた形になる自分を笑い飛ばそうとしたが、うまくいかなかった。

「お邪魔します」

翌日の閉店後、エクレアの詳細を決めるためにショコラティエ・タカシナを訪れた。今日に限って高科が店に来なかったのだ。

迎えてくれたのは高科ではなくアシスタントで、厨房の隅にある椅子に座って待つように言われた。

整理整頓が行き届いた厨房は、英一の店と同じようにガラス張りだ。一部が引き戸で区切られており、そこがショコラ専用厨房になっていた。

いつ見ても豪華な店内だ。黒をベースにした内装のアクセントに金色が使われ、高級感を演出している。

大きなシャンデリアが飾られた店内で、高科が電話しているのがガラス越しに見えた。ライバル店の厨房に一人でいるというのは、どうにも居心地が悪い。

目の前にある小さなテーブルに手を置く。肌寒さを感じた数分後、高科がやってきた。お疲れ、と後ろにいるアシスタントに手を振っている。

「待たせて悪かったな。……なんか飲む?」

高科が指差した方向には、ウイスキーとブランデーのボトルが並んでいた。

「結構だ」

「まあそう言わずに。はぁ、出店の話が色々と面倒になってて大変だよ」

英一の正面に椅子を持ってきた高科は、シェフコートの前を開きながら言った。

「出店？　ここは別に店を出すのか」

「そう。ここは違う形態の店を出したいと考えている。アルコールと甘いものが楽しめる、バーがいいかなと思って」

世間話のように答えられて、英一は瞬いた。

「そんなこと、俺に話していいのか」

「別に秘密の話じゃないから。それにあんたが誰に話すんだよ。せいぜい真二だろ」

交友関係が広くないのは事実だ。でもそれを見抜かれたのはどうにも不本意で、でも返す言葉も見つからず、英一は俯(うつむ)いた。

「温かいものなら飲むか？」

「……ああ、じゃあ頂こうかな」

「待ってろ」

高科はミルクパンを取り出し、そこにミルクと刻んだチョコレートを入れた。かき混ぜながらカップを温めて準備し、出来上がったら手早く注ぐ。

流れるように美しい作業だ。ミルクパンを見ている姿は、いつものエネルギーが溢(あふ)れる彼とは別人のように凜(りん)としていた。

「シンプルなショコラショーだけど、どうぞ」

「ありがとう」

オフホワイトのカップをのぞくと、艶(つや)やかなチョコレート色の泡が見えた。

口に含む。ストレートにカカオの味が口に広がるが、余韻はすっきりとしていた。

「うまいだろ?」

この自画自賛がなければもっと素直に褒めることができるのに、と苦笑する。

「カカオの味がよく分かっていい。濃厚だけど後味がさっぱりしてる。おいしいよ」

高科は自分用にもグラスを取り出し、氷をひとつ入れてウイスキーを注いだ。

「出来立てを味わってもらうって、いいだろ。そういうライブ感覚のある店をやりたいと思って、物件を探してるとこなんだ」

「そうか」

再びカップに口をつけた。クリームもスパイスも入っていないシンプルなショコラショーは、体を内側から温めてくれる。

「甘いものが好きな男って結構いるし、デートにも使えるだろ。あとボンボンショコラのテイスティングセットとか、日本酒と合わせるとか、色々とやりたいんだよ」

高科は椅子に軽く腰掛け、次から次へとアイディアを口にした。グラスを片手に語るその姿は、眩しいほど輝いて見える。

「お前は仕事を楽しんでいるんだな」

「そりゃあ、好きで選んだ仕事だから」

高科の答えはあっさりとしたものだった。

「あんただってそうだろ」

「まあ、な。でもそんなに余裕はない」

正直な気持ちが口をつく。実際に今は毎日があっという間で、楽しめる境地まで到達していない。

「真面目でストイックなタイプだよね、あんた。作るケーキを食べれば分かる」

高科はグラスを回しながら続けた。

「どれもあんたの性格そのまんま。きっちりした正統派で、俺は好きだな。ひとつひとつ丁寧に作っているって分かるよ」

「そうか?」

初めてそんな風に褒められた。面映さから両手で持っていたカップを揺らす。

「俺の作るボンボンショコラだって、性格が出てるだろ」

頷こうとして思いとどまる。彼の作ったボンボンショコラや焼菓子はどれもとてもおいしかった。

「いや、お前が作るのは軽薄じゃない。カカオの味がしっかりしていて、華やかだけど芯が通っている」

だけど何でも取り入れるような自由さは、この男らしいのかもしれない。

心身ともに温まるショコラショーを味わっている内に、高科を見る目が甘くなってきたようだ。

「どういう意味だよ」

声を尖らせた高科は、不服と顔に書いて迫ってきた。

「これでも誠実なつもりなんだけど」

真顔だった。どうやら彼は、本気でそう言っているらしい。

「誠実という言葉の意味を、辞書で調べておくべきだ。お前は間違えて覚えている」

「何言ってるんだか。誠実じゃん、俺。あんたのところに毎日通ってるんだぜ。どんなに冷たくあしらわれても、めげずにさ。俺って健気(けなげ)だよな」

高科は健気という言葉が怒り出しそうなことを言ってのけた。

「誰も通えと言ってない。迷惑だ」

「ひでぇ。あんたってどうしてそう、素っ気無いというか男心を分かってないのかな」

責めるような口調に憤慨し、カップを作業台の隅に置いた。

「俺だって男だ。男心くらい分かる。……おい、こんな話をするために来たんじゃないぞ。本題に入ろう」

　また高科に合わせて脱線するところだった。こほん、とわざとらしく咳払いをしてから、持ってきた昔の写真を見せる。フランスでの修業時代に撮ったエクレアの写真だ。

「エクレアは細身で、切り口は上にするつもりだがいいか？」

「形はあんたに任せるよ。上からクリームを入れるなら、プレートで蓋をする形がいいな。プレートは生地とクリームとの相性を考えて決めようか。クリームは何種類か候補を出してくれるとありがたい」

　分かった、と頷いてから、さてどんなものにしようかと頭をめぐらせる。

「上に載せるプレートは、見た目を考えるとひとつは鮮やかな色にしたい。あとはスタンダードなものがいいと思う。ま、結局はクリーム次第かな」

「そうだな。クリームはどんな種類がいい？」

　打ち合わせ用に持ってきたノートにざっとエクレアの絵を描き、クリームの場所に線を引く。

「キャラメル・サレが欲しいな。塩気がある物が入ると、全体のバランスがよくなる。時間はあまりないが、作れるか？」

「前にキャラメル・サレを使ったエクレアを作っていたことがあるから、大丈夫だ」

　久しぶりだけど、感覚は忘れていない。すぐに作れるはずだ。それに昨夜、レシピは部屋の中から発掘してある。

「じゃあそれ、今週中に頼む」

「分かった」

試作の期限を決めるまで、あっという間だった。いつもの何も決まらない打ち合わせとは大違いだ。今後も、営業時間後のリラックスしたこの時間に話し合うべきなのかもしれない。

「キャラメル・サレのエクレア、楽しみだな。ブルターニュかどっかのパティスリーにいた時、作ってたんだろ」

高科がグラスに口をつけてから、なんてことのないような声で言った。

「……そんなこと、お前に話したか」

そんな話を高科にした記憶がない。ではどうして、こいつが知っているのだろう。

「稲場さん……と、あんたの親父さんから聞いた」

「父から？」

高科の口から父の名前が出て、英一は眉を寄せた。どういうことだ。

「そう。俺、稲場さんにはすごく世話になったんだ。オープン当初、もう毎日を乗り切るのが精一杯だった時にね」

そこで高科は意外な事実を口にした。

開店前、彼は有名なショコラティエの店で修業中だった。ところがトリニティヒルズのテナントが出店キャンセルとなり、代わりに急遽出店をするよう、オーナーである彼のおじに命令されたらしい。

「おじって言ってもそんなに年は離れてないけど、あいつ、俺が逆らうことなんて考えてないから」

口元だけで笑った高科が目を細めた。

「準備不足で泣きそうだったよ。そんな俺を見かねて、稲場さんが助けてくれた。親身になって色々と教えてくれたよ。ただ作ることだけじゃなくて、店を経営していく上で必要なこともぜんぶ。今この店があるのも、稲場さんのおかげ」

しかしそれから約一年で、高科は店を行列ができるほどの有名店に成長させた。それだけの才能が、彼にはあるのだろう。

きっと父も、それに気がついていたに違いない。

「あんたが今座っている席に、稲場さんもよく座ってた。そこで海外で修業中の息子の話を聞いたよ。あんたが送ってきた写真も見せてもらってる。周りがみんな笑顔なのに、あんた一人が妙に澄ました顔で写ってるやつ」

年に数回、英一は近況報告の手紙に写真を同封していた。その写真を、父は高科に見せていたのか。

「……写真が苦手なんだ」

父への報告のためにしか自分の写真を撮っていないから、高科が見たのがどの写真かはすぐ分かった。澄ましていたわけじゃない、うまく笑えないだけだ。

「それも知ってる。子供の頃からカメラを向けると嫌がったって。反対に、真二は喜んでポーズをとる子供だったんだってな。だから今も、取材には真二が出てるんだろ」

その通りだ、と頷く。理由は分からないが、英一は昔からカメラを向けられると身構えてしまうのだ。取材の類いも苦手で、そういった仕事は物おじしない真二に任せている。

「もったいないよな。真二もかわいい顔してるけど、あんたは美人じゃん。店に写真があったら売上伸びるぜ」

「お前のようにか」

ちらりと視線を店内に向ける。この店には、高科の写真パネルがあるのだ。正直、悪趣味ではないかと思う。いくら高科が華やかな容姿をしているとはいえ、作り手がこんなにも前面に出る必要があるのだろうか。

「俺は利用できるものはなんでも利用する。自分のルックスだって、それに利用価値があるなら利用するだけだ。悪いことじゃないだろ？」

高科はしたたかに言ってのけた。迷いのないその姿に、英一は口元を引き締める。ここまでの割り切りに羨望（せんぼう）さえ覚えた。すごい、自分にはとてもじゃないができない。

「あんた、コンクールで優勝した時の写真もしかめっ面だったよな」

「それも父が見せたのか？」

「もちろん」

寡黙だった父が、高科とそんな話をしている場面が想像できない。仕事に厳しく、冗談のひとつも言わない人だったのに。

「で、昨日思いだしたんだ。稲場さんが、息子のエクレアは美味しいって言ってたこと」

「父が、……そんなことを？」

厳しかった父の横顔を思いだし、首を振る。父の前で写真と同じエクレアを作ったことが一度だけあるが、その時も大きな反応はなかったと思う。

「信じられない。俺は今まで父に褒めてもらったことがないんだ。たぶん、真二もだと思う」

職人肌だった父は、ホテル勤務から独立後、地元であるこの町に店を作った。最初は母親と二人の小さな店だったが、やがて店は遠くからも客が訪れるまでに成長した。

英一が高校生の時に母が事故で亡くなってからは、一層仕事に打ち込むようになった。記憶の中の父はいつも、厨房に立っている。

「あんたのこと、自慢の息子だって言ってたぜ」

「そうだとしたら、嬉しいよ」

父は百貨店への出店なども断り、地域に密着した店にこだわっていた。父として、そして同じパティシエとして、今も尊敬している。

「……まあ、できれば父の口から聞きたかったな」

認めてもらいたかったという気持ちが、勝手に口から溢れた。自分でも驚いて顔が熱くなる。だが高科はそれをからかわず、そっと視線を伏せた。

「突然だったよな。俺もびっくりしたよ。もっと色々、教えてもらいたかった」

しんみりとした空気に、肩を落とした。

「俺もだ。いつか父の跡を継ごうと思っていたが、まさかこんなに早くとは思っていなかったから……」

いつしか詰めていた息を吐く。胸の辺りが妙に重たい。

「俺はまだ、父の味に辿りつけてない」

今まで誰にも口にしたことのない不安が零れた。

息子の代になって味が落ちたと言われるのが怖い。ずっと抱えてきた危惧が言葉にしたことで胃を締めつける。

「馬鹿言うなよ」

ぽん、と頭に手が触れた。

「自信持ちな。あんたは一流のパティシエだ。俺が保証する」

「……ありがとう」

照れくさくてつい早口になった。こんな風に誰かに褒めてもらったのは、一体どれくらいぶりだろう。

胸がざわめくほどに嬉しかった。自分はこの言葉が欲しかったのだと、言われて初めて気づいた。

冷めてしまったショコラショーを飲み干す。高科も一流のショコラティエだと告げようとしたその時、彼はすっとその切れ長の瞳を細めて言った。

「そろそろだな」

「何が？」

高科は満足げに頷き、魅惑的な笑顔を浮かべた。

「あんたが俺を好きになるタイミング」

クリームのように甘ったるい表情につい見惚れてしまい、反応が遅れた。

「そんなタイミングは……」

永久にこない。そう言うはずだった唇は、高科のそれに塞がれる。

「んっ……」

なんの前触れもないキスに、目を閉じることができなかった。

視界は高科の整った顔に支配され、彼の長い睫毛の一本一本がよく見えた。気恥ずかしさに目を閉じる。

柔らかな唇の温もりに包まれる。チョコレートの甘い香りが鼻腔をくすぐり、体の芯が疼きだした。

上唇を噛まれ、舐めしゃぶられる。ちゅくちゅくという音が頭の中に響いた。

「あっ……」

高科の指が耳の輪郭を辿る。その冷たさに身震いし、現実へと一気に引き戻された。

「……やめろっ！」

高科から離れ、反射的に平手打ちしていた。ぱしん、といい音がした。

他人に手を上げてしまったことに驚き、まじまじと手を見つめる。

高科は目を丸くしていたが、やがて叩かれた頬に手を当てて困ったように笑った。

「まだ早かった？」

そういう問題じゃない。濡れた唇を手の甲で擦る。なかなか余韻が消えてくれず、泣きたくなった。

目の前で笑っている高科を睨む。こんな勝手な男を、好きになるはずがない。どうしてそんなに自信家なんだ。

「俺はふたつの物事を同時に考えられるほど器用じゃない。俺は今、エクレアのことで頭がいっぱいだ。お前のことを考えている時間はない。だから諦めてくれ」

どうにか言いたかった胸の内を告げると、高科は露骨に眉を寄せた。

「あんたって真顔で酷いこと言うな」

片目をつぶって頭をかいた高科は、視線をしばしさ迷わせた。それから口元を引き締めて、じゃあ、と低い声で切り出した。

「言ってやるよ。俺はあんたが欲しい」

高科の目には、今にも燃え出しそうなほどの熱があった。いつもの飄々とした態度からは想像できないほどの真剣さに、言葉を失う。

そんな目で見ないで欲しい。どうしていいのか分からなくなる。

「絶対に落としてやるからな。覚悟しとけよ」

視線を絡ませたまま宣言される。何も答えられないばかりか、その眼差しの熱に負けないように抵抗するのが精一杯だった。


「僕がいても、どうにもなんないと思うよ」

ぼやく真二と二人で、休憩室に向かう。

高科と二人きりになりたくなかった。高科のペースに巻き込まれると、自分を見失う。それを恐れ、英一は二時の打ち合わせには真二を連れ出すことにした。

あの日以来、高科がやたらと熱っぽい視線を向けてくるせいだ。彼がこんなに目に入る場所にいるなんて、この一年間、まったく気づかなかった。

　朝や昼、廊下や通用口などで顔を合わせる。その度に、英一は過剰なほど反応してしまう。彼はただ笑いかけてくるだけなのに。

　しかも高科とは、よく目が合った。

　目が合うというのは、不思議な現象だ。どちらか一方が見つめているだけでは成立しない。両方が同じタイミングでお互いを見てこそ成り立つ。

　つまり自分は、それだけ高科を見ているということだ。そこに思いいたった英一は頭を抱えるしかなかった。

　真二を高科の正面に座らせ、そうして考えた末、真二を呼んだのだ。

　真二を高科の正面に座らせ、自分はその隣に腰を下ろした。すぐにノートを開く。

「なんだ、お前も来たのか」

　高科がまず声をかけたのは、真二だった。

「迷惑そうな口調だね」

　普段の真二よりは言葉にとげがある。珍しく不穏な空気だ。

「そんなこと言ってないって。じゃあ今日は、商品の話を詰めていこう」

　高科は何故か真二に笑いかけた。

「エクレアだっけ。どんな味にするの？」

　高科と真二の様子を見て、ひとつ気づいた。高科は誰とでも話す距離が近い。

今も真二と頬を寄せ合うようにしている。家族でもあんなに密着して喋らない。

つまりそれが、高科には普通の距離ということだ。——なんだ。じゃあ別に、意識する必要はなかったんじゃないか。

その結論に、少し胸が軽くなるはずだった。それなのに、もやもやしたものが胸にすくっている。

「どうした？」

いつの間にか二人をじっと見ていたらしい。高科がいぶかしげにこちらを見ていて、真二が首を傾げていた。

「なんでもない」

意識しすぎだ。高科の行動を分析して、一体なんになるというのか。

だがふとした瞬間に思いだしてしまう。冷たい指に頬を包まれ、深く口づけられたことを。

忘れてしまいたい。できることなら、すべて消去したい。

頭を振り、意識を打ち合わせに戻す。

「生地はプレーン、クリームは三種類。バニラとキャラメル・サレ、あと何を作る？」

高科に問われ、すぐ思いついたのは、チョコレートクリームだった。

だが今回は、ショコラティエの高科とのコラボ商品だ。彼の専門分野であるチョコレートを使うのは、礼儀に反している気がする。

「ダージリンはどうかな」

無難な提案をしてみた。

「いいね。じゃあその三種類のクリームを作ってくれ」

今日から試作に入るつもりだと告げる。高科は分かった、と力強く頷いた。

「じゃあ、できたらまた連絡してくれ。悪いが今日はこれで」

高科が立ち上がった。打ち合わせはこれで終わりだ。いつの間にか力が入っていた肩が凝っていた。

「やっぱり僕、いなくていいんじゃない?」

真二が呟いた。英一は答えずにノートを閉じた。


翌日、英一は三種類の試作を持って高科の店を訪れた。閉店後だが、彼の店のスタッフはたくさん残っていた。バレンタインデーを控えて忙しいのだろう。

真二は友人の結婚式の打ち合わせで出かけてしまった。今日は高科と二人だ。

厨房の隅にあるテーブルに、エクレアを置いた。ここなら邪魔にはならないだろう。

「まず食べてみてくれ」

高科は椅子に座り、ミネラルウォーターを飲んだ。それからエクレアをナイフで切り、その断面を確認した。

同じシュー生地に、バニラとキャラメル・サレ、ダージリンの三種類のクリーム。一口食べては水を飲み、また食べるという作業を繰り返す。

「どうだ」

最後の審判を待つ気分だ。気に入ってもらえるだろうか。椅子に座っていられず、中腰で高科の反応を窺う。

彼はしばしエクレアを眺めた後、おもむろに口を開いた。

「生地は問題ない。ただクリームがなぁ。キャラメル・サレはいいよ。でもバニラとダージリンが似た感じになってる」

「そうか……」

自分でも少し気になっていたところだった。色だけでなく、最後に残る味もどことなく似ているのだ。

「もう少し個性が欲しい。なんかこう、あんたらしさがあれば完璧」

自分らしさ。そう考えても、すぐにはぴんと来ない。

「な、店には出していないもので、得意なものあるだろ」

そう言われて思いついたのは、ビターチョコレートのクリームだ。フランスのホテルで働いていた時、コースの最後に出すデセールでよく使っていた。甘みを抑え、フランボワーズのリキュールを効かせたもの。

だがショコラティエの高科とのコラボでこちらがチョコレートを使うのはマナー違反という思いが強く、口に出せない。

それにうまく使えないと、高科に呆れられそうだ。彼を満足させられるものが作れるか、自信がなかった。

腕組みしたまま黙っていると、高科が立ち上がった。

「考えてても答えは出ない、か。ちょっと付き合えよ」

高科に腕をとられた。

「どこへ?」

「行けば分かるよ。……ちょっと出てくる。みんな、作業は続けててくれ」

強引に引っ張られ、バックヤードを歩かされる。着替えておいてよかった。

コートだけを取りに行き、外に出た。高科は黒のロングコートを着ていたが、似合いすぎてカタギではないみたいだった。

夜風が冷たくて震えていると、高科の車に乗せられた。抵抗する間もなくシートベルトをつけられる。

「……なんでここ?」

五分ほどで着いた先は、公園だった。夜九時過ぎということもあり、人気がない。

駐車スペースに車を停める。高科がドアを開けると、夜風が吹き込んだ。風が冷たい。

「……寒いけど、少し我慢しろ」

高科がさっさと歩き出した。迷うことなく、公園に面したあかりのついた建物に向かう。

夜間も営業しているカフェだ。そこに入るのかと思いきや、高科は横のドアを開けた。

「え、ここ……」

中に現れたのは、アイスクリームのショーケースだった。帽子をかぶったスタッフが、元気にいらっしゃいませと言った。

「ダブルふたつ、コーンで。……ほら、好きなフレーバーをふたつ選んで」

いきなりそう言われても困る。戸惑いながらカラフルなケースの中をのぞいた。この寒い中でアイスを食べるというのか。

「俺はチョコレートとキャラメルで。迷ってるなら俺が選ぶぞ」

さっさと決めた高科の分が用意されている間に、目に止まったものを注文した。

「ダブルベリーとバニラを」

それぞれアイスクリームとスプーンを手にしたところで、どうするのかと高科を見やる。すると彼は戻ろうぜ、と公園に向かった。

適当なベンチに座り、食べ始めた。

冬の屋外でアイスクリーム。自分の辞書にはなかった組み合わせだ。

美味しいけど、寒い。体を丸めながらアイスクリームを口に運ぶ。時折吹く風に指がかじかんだ。

「うまいだろ、ここの」

「ああ。……お前、他の店でも気軽にチョコレートを食べるのか」

「冷たくて甘いもの、大好きだから」

意味ありげに笑った高科は、チョコレートアイスをスプーンにすくって口に運んだ。

吐く息が白い。口も喉も体も、少しずつ冷えていく。それなのに、妙に胸だけが弾んでいる。

こんな風にアイスクリームを食べたのは、一体どれくらいぶりだろう。楽しくなって、ついアイスクリームを熱心に混ぜてしまう。

「なあ、あんた俺に遠慮してるだろ」

高科は不意にそう言った。

バニラの風味が口の中で溶けるのを待ってから、何を、と問い返す。

「あんた、チョコレートを使いたいんじゃないのか」

図星を指された。スプーンでアイスクリームをこねながら、高科の目を見ずに答えた。

「なんで分かった」

くやしいような、清々(すがすが)しいような、不思議な気分だ。

「露骨にチョコレートを使うのを避けてるからだよ」

くれ、と高科はスプーンを伸ばしてきた。少しアイスクリームを傾けると、器用に掬(すく)い取(と)って口にする。

「お前の専門分野だからな。遠慮もするさ」

「どうして？　そんなの気にするなよ」

お返しとばかりにアイスクリームを差し出され、チョコレートの部分を貰(もら)った。濃厚なチョコレートはとても美味しかった。

「しかし、それが礼儀というものだろう」

「そんなことにもこだわるのかよ。あんたは本当に頭が固いし、自分のルールに縛られてばっかりだな」

高科は呆れたように言った。

「もっと気楽にいこうぜ」

ぽん、と背中を叩かれた。風が吹き、体がびくっと震えた。

そう言われて、はいそうですかと考え方を変えられるはずがない。ただ胸が軽くなったように感じるのも事実だ。

「俺達、目指すものは一緒だと思うんだよ」

高科はそう言って、かりっと音を立ててワッフルコーンの縁をかじった。

「……そんな風に考えたこともないが」

目指すものとはなんだ。それすら分かっていない自分と、しっかり前を見据えている高科には、大きな違いがあるような気がする。

「じゃあこれから考えろ」

そんな簡単なものか。ワッフルコーンをかじりつつ、心の中で呟いた。

「俺達、ライバル店って言われてるじゃん」

アイスクリームを食べ終えた高科は、スプーンを口に咥えて空を見上げた。

「ライバルってのは、お互いに高めあえる存在だと俺は思ってる。だからあんたのライバルになれて嬉しい」

高科のまっすぐな眼差しが、冷えた体を温めてくれる。

これまで苦手意識を持って接触を避けていたことが申し訳なく思えてきた。言動にはまだ理解できないところも多いが、彼には見習うべき部分も多い。

それをどう表現すればいいのか迷いつつ、ワッフルコーンを食べ終えた。

「ついでに、体も高めあおうか。俺達、めちゃくちゃ相性いいぜ」

「お前はそればっかりだな」

せっかく見直したところだったのに。こういう軽薄な点が信用ならない。

「だって大事だろ。それともあんた、嫌いな奴とセックスできんの？」

「なっ……」

あけっぴろげな質問に眉を寄せた。嫌いな奴とできるわけがない。だがそれを言ってしまうと、こいつが嫌いじゃないと言っているようなものだ。

「もういい、喋るな。お前と話していると疲れる」

かじかんだ指をこすり合わせた。たまに吹きつける風のせいか、それともアイスクリームのせいか、体温が下がってきた。

「冷えた？　あんた寒がりだもんな。……暖めてやるよ」

結構だ、と断るより先に、抱き込まれていた。高科のコートの中で目を丸くする。

「離せ」

いくら誰もいない夜の公園とはいえ、ベンチで男二人が抱き合っていたらおかしい。

だが引き離すには、その温もりは魅力的すぎた。

「暴れんなよ」

背中に手が回され、ぐっと引き寄せられる。

心地よさにうっとりしそうなのを堪え、深く息を吐いた。

こんなうるさい男に抱きしめられて、ほっとしてしまうなんてどうかしてる。だけど、少しくらいなら……。

「あんたの作ったチョコレートクリーム、食べてみたい」

耳に吐息が触れ、そこから痺れが走った。ぞくぞくするのは寒気のせいだ。そう自分に言い聞かせても、速くなっていく鼓動を止められない。

「きっと甘くて蕩(とろ)けそうにおいしくて、俺を夢中にさせるんだろうな」

高科の囁きこそ、蕩けそうなほど甘い。だがそれを口にすると何かが始まってしまいそうで、英一は唇を噛みしめた。


そこからどうやって自宅に帰ったのか、あまり覚えていない。

気がつくと、英一は自室のベッドの上にいた。電気も点けずにぼうっとしていたようだ。

玄関の開く音が聞こえた。しばらくして、階段を上がってくる足音も耳に入ってくる。だけど動けない。

「兄ちゃん、もう寝た?」

ドアの向こうから、真二の声が聞こえてくる。答える気力はなく、目を閉じる。しばらくして、足音が遠ざかっていった。

このまま寝てしまいたいのに、耳にこびりついた高科の声が離れていかない。

もっと気楽に、か。それなら久しぶりに、チョコレートクリームを使ったエクレアを作ってみようか。

レシピを頭に思い巡らせる。高科は気に入ってくれるかと考え、頬が熱くなった。

どうして真っ先に高科のことを考えてしまうのだろう。頭を振り、脳から高科の存在を打ち消そうとあがく。

だがそうすればするほど、記憶があの夜へとつながっていくのだ。

高科の体温や香り、声に肌の感触を体が思いだす。そして自分が泣き乱れたことも。

ぎゅっと目を閉じ、どうにか意識を仕事のほうに持っていこうとするが、無駄だった。考えるのをやめようと思うほどに、記憶の輪郭が鮮明になる。

熱い吐息が唇にかかった瞬間を思いだし、口元を手で覆う。

瞼（まぶた）を下ろしても眠ることができなくて、ピローに顔を埋めた。ずっと高鳴ったままの胸の鼓動は、収まる気配を見せなかった。


二日後、英一は再び高科の店を訪れた。

試作品は三種類。生地に変化はない。クリームはこれまでと同じバニラとキャラメル・

サレ、そしてチョコレートだった。

チョコレートクリームは持っていたレシピを更に改良したものだ。

「こちらにどうぞ」

「ありがとうございます」

高科のアシスタントに厨房へ案内される。高科に勧められるまま椅子に腰を下ろした。

「忙しそうだな」

高科は目の下にうっすらと隈を作っていた。その面差しはいつもより精悍で、黙っていれば見惚れてしまうほどの色気があった。

「まあね」

忙しいのも当然で、バレンタインデー直前の週末が数日後に迫っていた。ショコラティエにとっては一番の稼ぎ時だ。トリニティヒルズには特設会場も作られ、装飾もバレンタイン仕様になっている。

「作ってきたぞ」

テーブルにエクレアが並んだ皿を載せる。

「おー、これこれ。いい感じじゃん」

形と香りをチェックした高科は、早速口に運んだ。彼の喉元が動くのを見届ける。

彼はなんて言うだろうか。出てくる言葉を待って彼の唇を見つめてしまう。

「どうだ？」

珍しくすぐに言葉を発しない高科に不安を覚え、つい先に聞いてしまった。

「なるほど、こうきたか。フランボワーズが効いてていいな。これ、どこのカカオ豆を使ってるんだ？」

カカオ豆の詳細を伝えると、高科は納得したのか何度も小刻みに頷いた。

「ベネズエラ産かクリオロ種。いいの使ってるな」

唸る高科に苦笑する。

「材料費は高くつきそうだ。でもこのバランスの良さをどうしても使いたかった」

すべてにこだわりを持って作ったチョコレートクリームだった。材料がすぐ手に入ったのは運が良かった。

「この完成度なら納得するよ。よし、これに合わせてプレートを作るか」

高科はエクレアの断面をまじまじと眺める。

「この食感を邪魔しないプレートがいいな。このクリームに合うのは……。ちょっと考えさせてくれ」

高科は何度もクリームの味を確認した。

普段のふざけた様子とは違う引き締まった横顔は、まるで別人だ。伏せた眼差しに引き結んだ唇、顎から喉の突起に続くラインが艶めかしい。

「いいのができたな。さすがだよ」

高科がこちらを流し見た。

「真二が協力してくれたんだ」

通常の仕事中は時間がとれず、閉店後に真二と試作した。特に昨日は日付が変わるまで一生懸命に作業をしたせいで、今ちょっと眠たい。

「へぇ、そう。相変わらず仲がいいことで」

高科には珍しく、刺々しい物言いだ。さっきまで上機嫌だったのに、何が気に障ったのだろう。

原因が分からず、高科をじっと見つめる。彼がそっと視線を逸らした。

しばらくエクレアを見ていた高科は、やがて意を決したように切り出した。

「なあ、俺と新しい店を出さないか」

いきなりの話に、瞬きを忘れて彼を見つめた。

「なんだ、突然」

「ずっと言おうと思ってた。タイミングがなかっただけだ」

むくれたように言い、高科が身を乗り出してくる。

「話しただろ、バーみたいにカウンターで出来立てを楽しんでもらう店だよ。目の前で作ったものを食べてもらうんだ。な、興味あるだろ?」

迫力に負けそうになりつつ、まあな、と我ながら微妙な返事をした。

興味がないと言えば嘘になる。面白そうな話だ。だが、自分は具体的な話で動ける状況ではない。それは高科も分かっているはずだ。

「カウンターがあるなら、俺より真二のほうが向いてると思う。愛想がいいから」

だから英一は答えをはぐらかした。だが高科は、何故か大げさに肩を落とす。

「俺はあんたとやっていきたいって言ってんだよ」

高科は立ち上がり、そばにやってきた。彼の手が英一の肩に回った。

「おい、……」

まだ店内には彼のアシスタントがいる。気安く触るな、と手を叩き落した。

「とにかく、考えてみてくれ。俺とあんたなら、最高のものが作れる気がするんだ」

それでもめげずに腕を伸ばしてくる男を諦めさせるには、一体どうしたらいいのだろう。英一は心の中でため息をついた。

それからしばらく、英一は真二と共にバレンタインデー用の商品作りに追われた。

焼菓子詰め合わせとチョコレートは店頭だけでなく特設会場にも並べられる。店舗も普段よりはケーキの数を減らし、チョコレートの比率を高めた。そうしてスタッフ全員休みなしで、なんとかバレンタインを乗り切った。

さすがに、高科の姿は見かけなかった。彼の店から長い行列が絶えることはなかったらしいから、忙しいのだろう。

高科はバレンタインの翌日、開店前にやってきた。

「これ、みなさんでどうぞ」

彼が手に抱えてきたのは、金色の縁取りがされた大きな黒い箱だ。

「？　なんだ？」

「うちのボンボンショコラの詰め合わせ」

はい、と手渡される。思っていたよりも重みがあった。

「いいのか？」

「もちろん。ちょっと形が悪いのが入ってるけど、そこはご愛嬌で」

「ありがとう、遠慮なくいただく」

せっかく持ってきた物を拒むのも失礼だから受け取っておく。ホワイトデーにこちらからお返しをすればいい。

「あと、これ」

高科から小さな箱を手渡された。黒地に金色の縁取りとリボンは、目の前に立つ男のシェフコートと同じ配色だ。

「これは俺から、愛を込めて」

まじまじと箱を見つめる。どう見てもバレンタインデーのチョコレートだ。

「受けとれよ。たっぷり愛情こめたんだからさ。一日遅れて悪かったな」

「……いるか！」

箱を突き返す。しかし高科は両手を上に挙げて受け取ろうとしない。そればかりか、じゃあな、と足早に帰っていく。

「……何を考えてるんだ、あいつは」

箱を持つ手が震えた。後ろで店のスタッフが笑っているのがいたたまれない。

「これ、みんなにどうぞって。あいつが来たらお礼を言っておいて」

アシスタントに大きな箱を渡す。小さな箱はそのまま冷蔵庫に突っ込んだ。

「満典から？」

真二がのぞきこんでくる。黙って頷くと、英一は手を洗って作業に戻った。

何が愛を込めて、だ。ふざけてばかりのくせに。

心の中で毒づくのに、冷蔵庫を開ける度にその箱が気になって仕方がない。いっそ食べてしまえと、その日の夜に厨房で箱を開けた。

中には一枚のカードが入っていた。何か文字が書かれている。

「最高のライバルであり、愛しい人へ」

読み上げた瞬間、体が発火したように熱くなった。誰もいないのにカードを隠して周囲を見回す。

一体どんな顔でこれを書いたのか。ふざけるのもいい加減にしろ。

口元を手で覆う。そうしないと、今にも心臓が飛び出しそうだった。

その場でじたばたしたくなるのを堪え、英一は箱に入っていたチェリーボンボンを口に入れた。

歯で外側のチョコレートを崩すと、チェリーのほのかな香りが溢れだす。

蕩けたチョコレートとたっぷりのキルシュを含んだチェリーが絡み合うのを味わう内に、目を閉じていた。

なんて刺激的で、幸せな味だろう。

恍惚を覚えるほどの官能性は、高科とのキスを思いださせた。

翌週、エクレアの上に載せるプレートができたと高科に呼ばれた。閉店後にエクレアを持って彼の店を訪れたが、あいにくそこで彼のアシスタントが厨房を使っていた。

いつも使っているテーブルと椅子も、飴細工の道具が置かれている。

「コンクールの練習中なんだ。悪いけど、俺の家に移動しよう」

「食べるだけならうちの店でも……」

真二は結婚式を控えた友人と出かけたため、今日は高科と二人きりだ。彼の家に行くことを躊躇する。

「何を意識してんの？」

だが高科ににやにやと笑われた上、怖いのかと聞かれると腹が立った。

「行けばいいんだろ」

正に売り言葉に買い言葉となり、高科の部屋に移動する羽目になる。どうして高科が相手だとこうなってしまうのか、自分でも不思議だ。

従業員出入口から徒歩数分、エレベーターに乗ってすぐ着いてしまう彼の部屋は、意外にも物が少なく殺風景だ。

前に来た時は室内を見る余裕はなかった。色味をおさえた室内を見回す。生活感があまりないのは、ここにいる時間が短いせいだろうか。

「ここに座って」

リビングで試食をすることになった。革のソファに腰掛ける。ミネラルウォーターのペットボトルが渡された。

テーブルにスクエアの白い皿が置かれる。並んでいる何種類ものショコラプレートは、どれも艶やかだ。

「まずはスタンダードなプレート。バニラクリームに合わせるものだ」

プレートを食べ比べる。齧(かじ)った時の音、口に入れた時の香り、食感と余韻を確認する。それから英一が持ってきたエクレアに載せて、もう一度食べてみる。

「どれがいい？」

「クリームと合わせるなら、二番目のがいい」

こくとまろやかさがあると感じたプレートを選ぶ。高科も納得してくれた。

同じように、チョコレートクリームに合わせるプレートも選んだ。

白地にフランボワーズの赤が印象的なプレートは、ホワイトチョコレートの甘みがたまらなかった。四種類あり、味と食感に微妙な差をつけてある。

どれもおいしかったが、一番酸味が効いたものを選ぶ。チョコレートクリームとの相性が最もよかった。

「最後はちょっと試したいことがあるんだ。目を閉じてくれ」

言われるまま、目を閉じた。

「キャラメル・サレに合わせるプレートだ。上に何が載ってるか、分かるか？」

唇に硬いものが押し当てられる。舌で探りながら、こわごわと飲み込んだ。

歯を立てる。表面のかりっとした食感と、ぱりんと音と立てて割れるプレートの音が耳を喜ばせた。

予想よりも甘めのチョコレートだと思った次の瞬間、エスプレッソの苦味が混じる。絡み合う味の絶妙さに感心した。

「……エクレアに載せてみてくれ」

「ああ」

硬めの生地にキャラメル・サレのクリームを入れたエクレアと合わせると、プレートの印象ががらりと変わった。甘さと苦味が混ざりあったところに塩が効いて、後味がすっきりする。

「上に載っているのは、コーヒー豆……かな」

「そう。ローストしたコーヒー豆を砕いた」

最後には香ばしさが残った。余韻も素晴らしい。

「……いいな」

自分が作ったエクレアに、別の命が吹き込まれていた。プレート一枚が、エクレアをひとつ上のステージに押し上げてくれている。

技術だけじゃ、この組み合わせの妙は生まれない。彼の感覚が優れているのだ。

すごい、と心の底から素直にそう思った。

「水は?」

そのままの状態でペットボトルを口に押しつけられた。うまく飲めず、口角から零れた水を高科の指が拭ってくれた。

「あ……」

その指の感触が、胸を疼かせた。

高科が小さく息を飲む音が聞こえる。目を開けたが、目元を手で覆われて何も見えなくなった。

「これで最後」

唇が何かに塞がれる。その温もりが高科の唇だと気がつくまで、数秒がかかった。

「んっ……」

どうして、いきなり。混乱で固まった体を引き寄せられた。

唇の表面を触れ合わせるだけでは飽き足らず、高科が舌を差し入れてきた。拒もうとするが、顎を摑まれて侵入を許してしまう。

口内を舌で探られる。苦しくて眉を寄せたが、高科は逃がしてくれない。

「……うっ……」

歯の形をすべて確認するように、舌が這う。うまく息ができない。

「英一」

溶け出しそうなほど甘い声で名前を呼ばれる。角度を変えて唇を貪られ、息苦しさに逃げようとした頭を抱えられた。

髪をかき混ぜる指先の優しさに、強張っていた体から力が抜ける。同時に、こんなことはやめようと訴える理性もどこかに消え去ってしまった。

もっと触れてみたい。この温もりに。その衝動を抑えられなかった。

高科の舌に吸いつき、自分のそれを絡ませる。驚いたように竦んだ高科を追い、彼の口内に舌を差し入れた。

歯列を辿り、歯の硬さを確認するだけで、胸が破裂しそうになる。

どちらのかも分からない唾液を混ぜる。舌を絡め、競うように互いの呼吸を荒くした。心音が激しくなり、頭がくらくらと揺れる。

肘掛けにおいた指が、行き場を求めて宙をさまよった。

このまま流されてもいいのではないか。

薄く目を開けた。高科がじっとこちらを見つめている。すべてを焼き尽くさんばかりの熱を宿した瞳に、喉を鳴らしてしまった。

不安と期待が混ざり、視線を逸らす。

高科の手が首の後ろに触れた。そっと撫でられただけで、のけぞるほど感じてしまう。

駄目だ、まだ足りない。もっと欲しい――。

どちらともなく目を閉じ、顔を傾ける。再び唇を重ねようとした時、機械音が流れた。

「くそっ、またかよ」

高科が睨みつけているのは、英一のスマートフォンだった。

慌てて手を伸ばす。スマートフォンを摑んだ手が震える。電話は真二からだった。聞こえてきた声が、現実に引き戻してくれる。

目の前がぐらぐら揺れていた。

「……どうした？」

友人との食事を終えた真二から、店に迎えに行くという連絡だった。

「分かった。じゃあ待ってるから、いつものところで」

よかった。これでこの奇妙に歪んだ空間から逃げ出せる。

電話を切り、息を吐いてから、高科に向き直った。

「真二が迎えに来るそうだ。エクレアもできたし、今日は失礼する」

高科はソファに深く体を沈め、不機嫌さを隠しもせずに言い放った。

「また弟か。いつまで兄弟でべったりしてるつもりだよ」

「別にべったりしてるわけじゃない」

意味もなくスマートフォンを弄りながら答える。

「真二が心配なんだ」

「だからって、やりすぎだ。あんた、この前も休みなのに出てきたんだろ」

どうして話してもいないことを、この男は知っているのだろう。真二から聞いたのか。

「あれは急に大口の注文が入ったからだ」

「じゃあ別の日に休めよ」

高科はつまらなそうに髪をかきあげた。

「お前だって休んでないだろ」

英一が知る限り、高科はいつも店にいる。人のことは言えないはずだ。

「バレンタイン時期にショコラティエが休めるかよ。来週からはちゃんと休む。……まあ俺の休みを気にしてくれるのは嬉しいけどさ」

高科はこめかみに手を置いた。

「休むと店がどうなるか不安になる気持ちは分かる。でもさ、あんたのとこは真二がいるだろ。あいつだってもう一人前だぜ。少しは任せたらどうだ？」

「……」

自分が休んでも、真二はうまくこなすだろう。それでも、つい手が出てしまうのは自分のわるいくせだ。自覚があるだけに英一は反論できない。

「いい加減、あいつは一人前だって認めてやれよ」

「そういうつもりは……」

認めていないわけじゃない。ただ心配なだけだ。

「ないなら少しは休め。あんた、明らかに痩せたぞ」

それにしてもどうして高科は、どうして人の内面にずかずかと土足で入り込んでくるのか。

だからこの男は苦手なんだ。無遠慮で強引で、いつも人を惑わせる。そっとしておいてくれずにかき乱すのだ。

「気のせいだ。大体、弟を心配して何が悪い」

開き直って言い返した。だが高科は、心底呆れたように片頬を歪めただけだった。

「言ったよな。あんたは自分の作ったルールに縛られすぎだって。もっと自由になれよ。真二だって放っておけば成長するさ。お互いに自立しろよ」

そんなこと分かっている。だけどそれを認めると、何かが揺らぐようで怖い。

「余計なお世話だ」

「なんでそう突っ張るんだ」

「うるさい」

聞こえよがしのため息。言動のひとつひとつに苛立ちを覚える。ほんの数分前までの、甘ったるい空気が嘘のようだ。

「怒るなって。言い方を変える。そんなに自分を追い込むな。疲れるぜ」

ぐいっと高科に腕を引かれて、また強引に唇を奪われる。だが今度は、その温もりに酔わされる前に突き放せた。

「あんた、危機感のなさもどうにかしろよ」

　高科は舌打ちし、その場で腕を組んだ。

「俺はあんたを口説いてる。そこに一人で来て、目を閉じてあんな色っぽい顔したら、襲われるに決まってるだろ」

　その馬鹿にしたような言い方に、英一の頬がかっと熱くなった。

「そんなこと考えるのはお前だけだ。俺はただ、試作を食べにきただけだ。……もういい」

　コートを手に、高科の部屋を飛び出した。

　エレベーターが来るまで、時間がかかった。高科に追いつかれるかと心配したが、彼の部屋のドアはぴくりとも動かない。

　なんだ。結局自分は、その程度の存在ということか。

　エレベーターに乗り込み、閉のボタンを意味なく連打した。一体何に対してそんなに苛立っているのか、自分でも分からなかった。

　エントランスを抜け、公園を横切り、トリニティヒルズ商業棟の従業員出入口に急ぐ。見慣れたハッチバックを見つけ、駆け寄った。

　運転席の真二が手を振ったのを確認し、助手席に乗り込む。

　心臓が弾んでいるのは、走ってここまで来たからだ。決して、高科とうっかりキスして、しかも流されてしまいそうになったからじゃない。

「兄ちゃん、お酒飲んだ？　顔赤いよ」

「……ああ、少しだけ」

嘘をついた。

シートベルトをしてから、シートに体を深く預ける。寒くもないのに、指先をせわしなく擦り合わせた。

車が動き出す。ラジオからはニュースが流れていた。

「プレート、どうだった？」

真二が前を見ながら言った。

「よかったよ。微調整したらもう完成だ。特にキャラメル・サレに合わせるプレートは、砕いたコーヒー豆が香ばしくて堪らなかった」

どれもクリームと合わせると絶妙で、すごくいいと高科に言いたかった。だけど言えなかった。ちゃんと感想を伝える前に、手を出してきた高科のせいだ。

心の中で責任を押しつけ、目を閉じる。ああ、エクレアを入れた容器を高科の部屋に置いてきてしまった。

「ふーん、いい感じなんだ」

「そうだな。……商品を一緒に作ってみて、改めて高科のすごさが分かったよ」

技術と感性を兼ね備えているからこそ、あんなに自信に溢れていられるのだろう。羨ましくないといえば嘘になる。

あの自由さが、自分にもあったら。何かが変わっていただろうか。

「兄ちゃん、最近は満典の話ばっかりだね」

真二に指摘され、片目を開けた。そうか、と問いかける声が思いがけず掠れた。

「仕事の時も家でも、よく話してる」

まったく覚えがない。無意識にそんなことを口にしていたのだろうか。

「満典は一緒にいると楽しいからね。気持ちは分かるよ」

真二がのんきな口調で言った。

「楽しいもんか」

窓の外を見ながら呟く。

高科への感情を、そんな簡単な言葉ではくくれない。

楽しい時もあれば、腹立たしい時もある。才能に感嘆することも、その勝手さに呆れることも、振り回されて疲れることもある。

気がつけば、感情の大部分を高科に揺さぶられていた。そしていつも、どんな時も彼のことを考えてしまう。

今も頭の中が彼のことでいっぱいだ。

この感情の正体はなんだろう。一体どこへ向かっているのか。考えるのが怖い。

「そうかな。兄ちゃんはうちにいるより楽しそうに見えるけど。ちょっと寂しいなぁ」

真二の言葉が耳を通り抜けた。ラジオから聞こえる天気予報を聞きながら、目を閉じる。今は何も考えたくなかった。

「お前はどうだったんだ？」

「うん、まあ順調？」

問い返すような口調に苦笑する。そうか、とだけ返して、英一は黙った。明日は雨だと、天気予報が言っている。


コラボ企画の打ち合わせには、トリニティヒルズのフロア責任者が入るようになった。定価を決め、そこからお互いへの配分を相談する。包装資材と販売員の手配等もあり、毎日決めることが山積みだ。

「エクレアを作るんだって？」

高科の店で打ち合わせをしていた夜、スーツ姿の男性が顔を出した。三十代半ば、銀縁の眼鏡をかけたその人は、トリニティヒルズのオーナーだ。雑誌で見たことはあるが、英一が実物を見るのは初めてだった。

「ああ」

高科は気安く返す。英一は立ち上がって挨拶をした。

「あなたが稲場さんですか」

はじめまして、と差し出された手をとる。整いすぎてどこか冷たく見える顔立ちが柔らかく緩んだ。そうするととても優しそうに見える。

「稲場です。お会いできて光栄です」

「え、ちょっとなんだよ、そのよそいきの顔」

不満そうな声を上げる高科を無視して握手をした。オーナーの手は大きく温かい。

「うるさいぞ。まったく、これがご迷惑をおかけしてすみません。何かあったら私にご連絡を」

握手が解け、一枚の名刺を渡された。英一は名刺を持参していないことを詫びてから受け取る。

「この忙しい人に連絡したって簡単には通じないぞ」

そう言いながら後ろから高科が名刺をのぞきこんできた。

「稲場さんからのご連絡なら大歓迎ですよ」

ふふ、とオーナーが小さく笑う。

オーナーは高科のおじだと聞いているが、あまり顔立ちは似ていない。しかし背が高くて引き締まった体つきと、人目を引く華やかさは共通していた。

「で、なんの用?」

高科がオーナーに問う。

「ああ、ひとつ相談があって。うちの秘書が今度結婚するんだが、そのお祝いを相談したい」

「ん、予算はどれくらい?」

二人の話が始まる間に、英一はそっと脇へ退いた。こちらを見る高科に目配せをして、その場を辞す。今日の打ち合わせはここで切り上げてもいいだろう。厨房では真二がクロカンブッシュの練習をしているはずだ。

「なぁ、明日も来てくれよ」

高科の声に頷いてから、失礼します、と頭を下げた。

人がいなくて暗い商業施設は少し不気味だ。英一は少し早足で自分の店へ戻った。奥の厨房だけ電気が点いていた。オーブンをのぞきこんでいる真二の背中が見えた。

「どうだ」

厨房に声をかける。振り返った真二は笑みを浮かべていた。

「いい感じ。この前より早くできてるよ」

「そうか、よかったな」

作業テーブルにノートと、オーナーに貰った名刺を置いた。

「あれ、それって」

めざとい真二が名刺に目をつける。

「ここのオーナーだ。高科の店にいらしてな」

「……へぇ」

真二は壁の時計を見上げ、首の後ろに触れた。

「今日はもう打ち合わせ終わったんなら、先に帰っていいよ。僕、今日ちょっと色々と試すから遅くなる」

「手伝うか？」

英一も時計を見た。まだ十時前だ、時間はある。

「ん、大丈夫。また相談に乗って」

心なしか真二の表情が硬い。だがそれに触れて欲しくなさそうな気配を察して、英一は頷いた。

「じゃあ先に帰ってる」

「車、乗って帰っていいからね」

おつかれさま、と微笑んでから、真二はオーブンへと戻って行った。

「ほどほどにな」

声をかけてから英一は店を出た。自分の足音だけが響く中、バックヤードに足を踏み入れた。薄暗い通路を歩き、電気の消えた男子更衣室に入る。電気を点けて着替え、ロッカーに鍵をかけた。

「……あれ」

更衣室のドアを閉めた時、通路を歩くスーツの後ろ姿が見えた。さっき会ったトリニティヒルズのオーナーだ。もう高科との話は終わったのだろう。そうなると、彼もここに来るかもしれない。

誰もいない男子更衣室で、二人きり。

またも危機感がどうとか言われても理不尽だ。高科に会わないように帰ろう。英一は従業員出入口に向かいながら、鞄(かばん)に手を入れて車の鍵を探した。

三月が近づくと、英一はひな祭りの準備に追われるようになった。これが終わるとすぐにホワイトデー、三周年記念祭と行事が山積みで、毎日が忙しい。

作業が一段落した夕方、高科が裏口から入ってきた。彼はほぼ毎日のように店にやってくる。バレンタインが終わって時間の余裕ができたらしい。

厨房に入られても迷惑なので、レンガの壁で仕切った事務所スペースで話すことにした。

壁にもたれ、胡乱な目ですぐ横に立つ高科を見上げる。

「何しに来た」

つい口調がきつくなる。少し休憩しようと思っていたのに、台無しじゃないか。

ここ最近、英一はできるだけ高科の顔を見ないようにしていた。彼を見ているとペースが乱される。

「通りすがりにちょっと寄っただけだよ。白いシェフコート着たあんたを見てると、もう胸が騒いでたまんなくってさ」

いつもの軽口に、何も返せなかった。高科の顔をまっすぐに見られず、視線を床に落とす。

「なんだよ、元気ないな」

顔をのぞき込むように言われて、首を振った。

「気のせいだ」

高科はあの夜以降も、何も変わっていないと思う。それに比べて、些細な言葉や態度、仕草に反応してしまう自分はどうだ。

こんなのずるい。これではまるで、自分だけが高科に翻弄されているみたいだ。

「英一」

不意に高科が表情を引き締めた。ふっと耳に吐息が触れ、体が竦む。

「俺を好きになったら、ちゃんと言えよ」

好き。

たった二文字のその言葉に、心臓がとくんと跳ねた。

「……」

違う、お前なんか好きじゃない。そう返したいのに、言葉が口から出てこない。

壁に預けた肩が震える。

「ほら、素直になれって」

彼の手は、いつも通り冷たい。だが体温は低くなかった、と考えてしまう自分に驚き、狼狽（ろうばい）のあまり頬がかっと熱くなった。

「帰れ！」

振り絞るように出した声は、自分で思っていたよりも大きかった。

「うわっ、おっかないな。今っていい雰囲気だったんじゃないのかよ」

困ったようにまなじりを下げた高科を睨みつける。

「どこがだ」

「えー、あんたもかわいい顔してたよ。おいおい、そんな睨むなって。まあいいや、また来るよ」

「来なくていい」

どこか楽しげな高科を追い出し、椅子に腰を下ろす。

はぁ、と肩を落とした。結局また、高科のペースに乗せられてしまった。

何が俺を好きになったら、だ。ふざけるな。

このままだとまた高科のことばかり考えてしまいそうで、ノートを開いた。ペンを取る。

まず描いたのは、シンプルなチョコレートケーキの絵だった。

父の味をなぞるだけでなく、自分で新しいものを作りたい。芽生えたその気持ちが、英一の背中を押す。

たとえば、もっと甘さを抑えたものを。ナッツの食感を活かしたものでもいい。思いついたものを数点、文字と絵にしていく。

「兄ちゃん、聞こえてる？」

一体どれくらいの時間が過ぎていたのか、気がつくと真二が横に立っていた。

「ああ、ごめん。何？」

「最近、どうしたの。疲れてる？」

心配そうな顔をされ、慌てて首を振る。冷えた指先をこすり合わせながら、ノートを見せた。

「ごめん、ちょっと今新作のことを考えてた」

だ。

「新作？」

真二の視線がノートに落ちる。それをまじまじと眺めた後、真二はその場に屈みこんだ。

「……ねぇ、兄ちゃん。僕に黙っていること、ない？」

なんのことだろうと首を捻る。すると真二が、抑揚のない声で言った。

「満典と店をやろうって話が出てるんだって」

「誰にそれを……」

その話を、真二にした覚えはなかった。

「向こうのスタッフに聞いた」

その温度の低い口調だけで、反対なのだと分かる。口の軽いスタッフを恨みたくなった。

「ただ誘われただけだ。本当にやる気があったらちゃんとお前に相談するよ」

黙ってて悪かったな、と続けた。だが真二の顔は曇ったままだ。

「でも断ってないんでしょ。兄ちゃんはいやだったらすぐに断るのに、そうしないってことは引き受ける気があるんじゃないの。その新作もそっち用？」

鋭すぎる指摘に、視線が泳いだ。はっきり断らなかったのは事実だ。――だけど。

「誤解しないでくれ。別に今の店をやめるって話じゃない。心配するな」

だが真二は納得してくれず、唇を引き結んだ。やだ、と小さく震えた声が耳に届く。

「……真二？」

「やだよ。このまま二人でやっていこうよ。なんでそれじゃ駄目なの？　せっかく今、店も家も全部うまくいってるのに」

テーブルに手をついて俯いたまま、真二は声を震わせる。

「真二……」

どうした、と彼の手を摑む。顔を上げた弟の目は、うっすらと潤んでいた。

「黙っててごめん」

彼を傷つけてしまった罪悪感に胸が痛くなった。こんなことになるなら、こんな話があったと言っておくべきだった。一緒にいる時間は長いのだから、話す機会はたくさんあった。

「父さんがいなくなって、兄ちゃんもいなくなったら、僕はどうすればいいんだろう」

独り言のように呟いた真二は、そのままふらりと厨房を出て行った。

『お互いに自立しろよ』

こんな時に考えたくないのに、高科の言葉が頭に浮かぶ。

真二だって一人前のパティシエだ。父と働いてきた彼は、たぶん自分よりずっと店やスタッフを分かっている。彼は一人でも、ちゃんと店を回すことができるだろう。

でも、と心の中で続けた。それでは、自分が必要ないみたいじゃないか。

「あー、もう」

何がなんだか分からなくなってきた。英一は椅子の背に深く体を預け、天井を見上げて息を吐く。

色んなバランスが崩れているみたいだ。

今の店をやめたいわけじゃない。ただ心のどこかで、何かに挑戦してみたい気持ちがあるだけだ。だけどそれはまだ、形になっていない。

悩むのは性に合わないし、時がきたらなるようになるだろう。そんな楽観的な結論を出して、立ち上がる。どれだけ先を考えたって、環境が変わったら未来は変わる。今の自分だって、数年前には想像もしていなかった場所で働いているのだから。

店の味を守るために走り続けてきた。でもそろそろ、ちゃんと休もう。気がつけばこの一月、毎日仕事をしている。たまには店を真二に任せ、連休でもとってゆっくりしよう。目を閉じた。そうだ、休めと高科の声が耳に響く。こんな時でも脳裏に登場する男の端整な面差しに、八つ当たり気味に邪魔だと毒づいた。


翌日の閉店後、高科がプレートの完成品を持ってやってきた。

用意していたエクレアの上に載せていく。出来上がった三色のエクレアの外見を確認してから、英一と高科、それに真二の三人で試食を始めた。

「いいじゃないか」

三種類のエクレアは、それぞれの個性が一目で分かるようになっていた。

ひとつずつ、食べてみる。どれも試食した時よりプレートを改良したらしく、文句のない出来だった。

「これ、最初は甘めだけど途中で苦味が来て、また最後に甘くなるんだね。不思議」

真二はコーヒー豆のプレートが載ったエクレアをしげしげと眺めながら言った。

弟はあれから、何もなかったかのように振る舞っていた。それがかえって英一を申し訳ない気持ちにさせている。

高科はいつもと変わらない。真二の横で、プレート上のコーヒー豆の説明をしている。

「キャラメル・サレの塩気が甘みを引き立てるんだ。いいだろ？」

「いいものができたね」

真二が満面の笑みで言った。

「そりゃあ、俺と英一が組んだんだから当然だろ」

どうしてそうもあっさりと、高科は自分を喜ばせる台詞を口にするのだろう。

念のため完成したエクレアをデジカメで撮影する。角度を変えて撮り終えたら、今日の作業は終了だ。

「さて」

高科は改まった様子で口を開いた。彼の視線の先は、真横にいる真二だ。

「英一と二人で話したい。悪いが席を外してくれないか」

それまで笑顔だった真二は、口元を引き結び高科の視線を跳ね返すように胸を張った。

「新しく出す店の話？　だとしたら、僕もここで聞くよ」

いつも穏やかでのんびりしている真二にしては、鋭い口調だ。

「違う」

高科が首を振る。

「じゃあ何？　商品もできたし、もう用はないでしょ」

帰ったら、と真二は続けた。高科に怯むことなく見上げる仕草に目を疑う。いつもの真二とは、まるで別人だ。弟のこんな姿を見るのは初めてだった。

「お前もいい加減、英一から卒業しろ。甘えすぎだぞ」

高科はわざとらしいため息をついた。

「そんなこと満典に言われたくない」

「じゃあ英一に聞いてみるか？」

英一、と高科に呼ばれた。二人の視線が自分に集中する。

「俺と弟。あんたが選ぶのは俺だろ」

呆れるほど自信に満ちた高科の台詞に驚いて、口をぱくぱくとさせてしまった。

選ぶとは一体どういう意味だ。そもそも、どうしてそんな天秤（てんびん）が必要なのか。

そう思ったのは、自分だけではなかった。

「選ぶって、どういうこと？」

真二の顔から表情が抜け落ちた。彼は飄々とした態度の高科を見てから、英一に視線を向けた。

「いや、これはその……」

「お前に関係のないことだ」

誤解だと言いたかったのに、高科の落ち着いた声に遮られる。

「なに、それ」

真二が高科を睨みつけた。しかし高科はそれにまったく動じなかった。

「察しろよ。お前の大事な兄ちゃんは、もうとっくに俺のもんなの。俺はこの商品が完成するまで、長いことお預け食らってただけ」

「おい、勝手なことを言うな」

何がお預けだ。それに一体いつ、高科のものになったというのか。だがそれを口にするより先に、高科に肩を抱き寄せられた。

「これ以上、あんたの答えを待つのはやめた。延々と逃げられるだけだからな」

高科の手が頬に触れた。冷たい指先が体を震わせる。

「いい加減、認めろ。あんたの頭の中は、もう俺でいっぱいのはずだぜ」

自信満々に言い切られ、英一は首を振った。

「人の気持ちを勝手に決めるな。大体、なんでお前はそう勝手なんだ」

「さあな」

肩を竦める仕草が怒りに火を付ける。

「それに強引で傲慢で、最低じゃないか」

「否定はしない」

高科は何故か笑って頷いた。彼の顔が近づいてくる。その瞳に吸いこまれそうになり、慌てて顔を逸らそうとしたのに、顎を摑まれた。

「でも、そういう俺がいいんだろ」

あっさりと言い放たれる。微笑を向けられて英一は固まった。

「気づいてないかもしれないけど、あんた俺にだけは感情むき出しなの。それって、俺のことが好きだからだろ?」

めちゃくちゃな理論を突きつけて、さもそれが正解であるかのように振る舞う。この男の思考回路が理解できない。

「そうじゃなきゃ、あんなかわいい顔を俺には見せないはずだ」

ぱっと体を離した高科は、ドアに手をかけた。

「行くぞ、英二」

どうすればいいのだろう。あまりの急展開に呆然と立ち尽くす。

すぐそばで嘘だ、と絞り出すような声が聞こえてきた。

そうだ、真二がいたんだった。さっと血の気が引く。高科が余計なことを言ったせいで、真二に高科と何かあったことを知られてしまった。

「そんな……。兄ちゃん、嘘だよね」

大きな目がすがりついてくる。英一は子供の頃からずっと、この眼差しに弱かった。

「来いよ、英一。それとも、ここに残ってずっと弟と仲良くやってくのか」

「は？　仲良くって、当たり前じゃん。僕達は兄弟だよ。ね、兄ちゃん」

二人分の視線を向けられ、英一はたじろいだ。

どうすればいい。いきなり難しい局面に立たされて、高科と真二を交互に見ながら必死で頭を回転させた。

だけど、答えが見つからない。それも当然だ。だって自分の中に、まだ答えはないのだから。

「素直になれよ。もう逃げるな」

高科は店を出て行った。一度も振り返ることすらせずに。

まっすぐ伸びた背中に拒絶された気がするのは何故だろう。普段の彼なら、何か言ってくれたり、手を振ってくれたりするからか。

「……」

落ち込むのは筋違いだ。自分はいつも、高科にあんな風に背を向けていたのだから。

ぐっと歯を嚙みしめる。無意識の内に、足が一歩前に出た。

「兄ちゃん」

真二に腕を摑まれた。英一はその手に自分のそれを重ねる。

「あいつのこと、好きなの？」

「……分からない」

素直に答える。自分の感情と折り合いがつかなくて、でもじっとしていられなくて、真二の手を握った。

「でも、今ここで、逃げたくはないんだ」

行かなくては。何かが背中を押している。

「それって好きってことじゃん……嘘だ……」

「……ごめん」

真二にそれだけ言い残し、店を飛び出す。廊下には既に高科の姿はなかった。

もう行ってしまったのか。バックヤードを走り、彼の姿を探した。

このまま高科と終わってしまうのはいやだ。

こんなに必死になる必要があるのか、と理性が問いかけてきた。愚かなことをしているのかもしれない。その自覚はある。

でも。

好き、なんだ。あんな滅茶苦茶（めちゃくちゃ）で腹立たしい男でも、どうしても嫌いになれない。腹を立てても、振り回されて怒っても、嫌いという感情だけは浮かんでこないのだ。そればかりか、募る想（おも）いに胸が痛くなっている。

ずっと、店や真二のことを一番に考えてきた。だけど今は違う。頭の中を占領しているのは、高科の存在だ。それを認めよう。

付き合っていくには覚悟がいる男だ。それでも、あの漲（みなぎ）る力をもっと感じていたい。

バックヤードを走り抜け、男子更衣室に向かう。もう帰ってしまっただろうか。勢いよくドアを開けたが、高科の姿はない。驚いた顔をする他店のスタッフに頭を下げ、従業員出入口に急ぐ。

黒いコートが目に入った。

「高科」

やっと追いついた。息切れしつつ呼びかけると、高科は足を止めた。ゆっくりと振り返った彼は、肩で呼吸している英一を見て、口元だけで笑った。

「来たな」

偉そうに腕を組んだ男は、英一をじっと見つめてから、静かに頷いた。

「待っててやるから、着替えてこい。……俺の部屋に、来るだろ」

答えが決まっていると言いたげな質問は、あまりに彼らしい。だが今はそれを、否定する気はなかった。

急いでロッカーに戻り、着替えてコートを手に出入口に急ぐ。高科が本当に待っていてくれるか疑心暗鬼になっていたが、彼はちゃんと待っていてくれた。

「……」

お互いに黙ったまま、警備員に頭を下げて建物を出る。

並んで歩き出してから、会話はなかった。

ほんの数分の距離が、ひどく長く感じる。足が進むにつれ心音が更に激しくなった。このままだと高科に聞かれてしまいそうだ。

普段よりもぴりぴりとした空気を放つ高科は近寄りがたかった。その雰囲気に、ついてきたのが間違いだったのかと思わされる。

エレベーターの中でも、彼は壁にもたれて階数表示を睨むように眺めていた。そのまま彼の部屋のあるフロアに降りる時、高科の手が伸びてきた。

ぎゅっと手を握られる。冷たい彼の指に、少しほっとした。そのまま手を引かれるようにして彼の自宅の前へ。

高科が鍵を開ける。玄関に足を踏み入れた途端、抱きすくめられた。

「おいっ……」

胸が軋むほど強く抱きしめられたかと思うと、いきなり突き放された。肩を摑まれ、吐息が触れる距離まで顔を近づけられる。

「あの日、なんで俺と寝た？　俺が好きだからだろ？」

高科はせき止められていたものがあふれ出すようにまくし立て、答えろよ、と体を揺さぶってきた。

いきなりの勢いについていけずに目を白黒させていると、高科が続けた。

「英一に余裕がないことは分かってる。だからあんたが自分の気持ちに気づいてくれることを待つつもりだった」

でも、と高科は声を低くする。

「我慢できない。あんたを俺のものにしたい。なあ、もう俺のこと好きになっておけよ。幸せにするからさ」

そのあまりの強引さと筋の通らなさに、笑いがこみあげてくる。肩を震わせていると、高科が眉を寄せてふてくされた。

「人の真面目な告白を笑うな」

「ごめん……」

それでも、この男に惹かれているのもまた事実なのだ。それを認めるのはとても悔しく、同時に胸が熱くなるほど嬉しい。

「俺だけにしろ」

耳元に囁かれる声は、ひどく苦しげだった。

「他の奴に触らせるな。俺がそばにいるから」

な、と目をのぞき込まれた。心の奥底まで見透かすような眼差しに、胸がまた高鳴る。

それでも、今ここですべてをはじめてしまうには、まだ覚悟が足りない。

「とりあえず、上がらせてくれ。ここじゃ寒い」

急いだせいで、コートは手に持ったままだった。しかもカーディガンの中に着ているシャツは、よく見ればボタンをひとつ掛け違えてみっともないことになっている。

「まだ焦らすのか」

天を仰いだ高科だが、英一の格好を見て納得してくれたらしい。

「来いよ」

手首を掴まれ、引きずられた先は薄暗い寝室だった。ベッドが見えた瞬間に後ろから背を押され、そこに転がされた。

ベッドに膝をついた高科がにじり寄ってくる。その目をじっと見据えた。

ここで流されたら、彼の気持ちが聞けない。英一は視線を逸らさない高科を見つめる。

「お前、俺のことが本当に好きなのか」

もしかして、と小さく続ける。この状態でこんな確認をするのが恥ずかしくて、シーツを意味もなく握りしめた。

「……今更そんな質問かよ」

高科ががっくりと肩を落とした。

「俺のどこがいいのか分からないから……」

もっと素直に言えば、自信がない。一人の男として、自分にそれほどの魅力があるとは思えなかった。

頭をかいた高科は、その場にごろんと横たわった。

「好きだよ」

小さな声が聞こえてくる。声の主を見つめると、彼は天井を見上げていた。

「あんたの親父さんに写真を見せてもらってから、いつか会いたいと思ってた。ずっと憧れてたんだよ」

「……そんな昔から？」

まったく知らなかった。瞬きも忘れて高科の顔を見ていると、ふいっと横を向かれた。

「笑うなよ。笑ったら朝まで犯してやるからな」

物騒なことを言う彼の頬が、うっすらと赤くなっていた。

かわいいところもあるじゃないか。そっと彼のそばまで移動する。

「それなのに、俺と初めて会った時、あんたすげぇ冷たかったよな。敵対心丸出しでさ。俺を一瞥して、挨拶してさっさと真二のとこに行っちまった」

その時を思いだしたのか、高科がつまらなそうに唇を尖らせた。そんな対応をしたつもりのない英一は首を捻る。

「俺がどれだけ凹んだか分かるか」

責められても、その場面がかけらも浮かばない。

「悪いが、本当に覚えてない」

「そんなことだろうと思ったよ。ま、それでも一途な俺は、ガラス越しでも英一の姿を見たくて通ってたってわけ」

高科は肘をシーツにつき、そこに頭を載せた。そしてやっとこちらを見てくれる。

「今回のコラボをきっかけに少しは仲良くなれると思った。そしたらいきなりだよ。あんたが俺の腕の中に落ちてきた」

高科の声が弾んだ。

「信じられなかった。夢かと思ったよ。俺は一瞬であんたに夢中になった」

そこまで言ってから高科は、ふっと自虐的に顔を歪めた。

「ところが、朝になったら忘れられてたんだぞ。繊細な俺は深く傷ついた」

自称一途で繊細な男は、英一の膝に手を伸ばしてきた。

「だけど諦められるはずもない。一晩限りの遊びなんてごめんだ。俺は絶対、あんたを自分のものにするって決めた」

なんて勝手な言い草だろう。それなのに、胸の奥の柔らかな場所を嬉しそうに震わせている自分もどうかしている。

「俺はちゃんと言ったぜ。ほら、次はあんたの番だ」

高科が跳ね起きると、ベッドヘッドに手を伸ばした。間接照明のスイッチなのか、優しい光が広がる。お互いの表情がよく見えた。

「聞かせてくれ」

仕方がない。息を吸い、少し鼓動を落ち着かせてから、高科にそっと抱きついた。

高科の背に手を回す。目を閉じて懐くように胸元に顔を寄せた。彼自身から感じる香りが、そしてこの温もりが、愛しい。ずっとこうしていたいと思うほどに。

これで充分、気持ちは伝わったはずだ。言葉にしなくても。

しばらくそのままでいたら、頭上に大きなため息が降ってきた。

「卑怯者（ひきょうもの）。俺を好きになったって言えよ。言うまで離さないからな」

高科にぎゅうぎゅうと締め上げられる。やめろといったら首筋をくすぐられ、逃げている内にベッドの上に転がった。

「英一」

高科の声のトーンが変わった。体重をかけないようにのしかかってくる彼を受け止め、ためらうことなく首に腕を回す。

艶やかな光を放つ瞳に促され、目を閉じた。

「んっ……」

唇を重ねる。まずは隙間なく、お互いの感触を教えあうように触れさせた。だがすぐに我慢できなくなって、唇を開いて誘う。入ってきた舌に自分のそれを絡めた。熱く濡れた感触が、体の芯を震わせる。

口内をかき回そうとする高科の舌に噛みつくと、お返しのように同じことをされた。

「んんっ……」

舌全体を、くちくちとしゃぶられる。舌の根元が痛くなるほどそれをされると、体から力が抜けた。

歯列を探られ、上顎の裏まで舌を伸ばされる。丁寧に舐めてはくすぐられ、じっとしていられずに身をよじった。

キスがこんなに淫靡なものだと感じたのは初めてだった。全身の細胞が沸騰したようになり、頭が朦朧（もうろう）とする。それなのに、触れ合った部分だけがひどくリアルだ。

「目が潤んでるぞ。……あんたさ、酔うと泣き上戸なんだよ。知ってる？」

「しら、ない……」

そもそも記憶を飛ばすほど飲んだのは、あの夜だけだ。

高科の温度の低い手のひらが、頬を包んだ。

「この前も泣きながら縋（すが）りついてきて、かわいかった」

楽しげに目を細めた高科に、耳を引っ張られた。

「うるさい。もう黙れ」

聞きたくもない自分の痴態。耳を塞ぎたくても、高科に組み敷かれていては難しい。

「黙らせろよ。ほら」

高科は真面目な顔で唇を突き出してきた。

「あんたからキスしたら黙る」

不遜な態度で言い放った男は、こちらを見据えて唇を指で指し示した。

「黙らせなかったら、あの夜にあんたがどれだけエロかったか、全部話すからな」

こちらからキスをしない限り、どこまでも話し続けそうだ。仕方なく、彼の目を見たまま、触れるだけのキスをした。

「これだけ？」

不服そうな高科の親指が、唇の形を確認するように撫でた。

びくりと震えた体を抱きしめられ、高科の手がシャツのボタンにかかった。

「慌ててたんだな」

ひとつずれたボタンをからかわれて、頬が熱くなった。

「……せめてシャワーを」

首筋に吸いつかれ、逃げるように体をくねらせた。一日働いて、汗をかいている。体を清めたいと言ったが、高科は許してくれなかった。

「やだ。あんたのおいしそうな香りが消えちまう」

耳を舐められ、くすぐったさと気持ちよさに肌がざわめいた。

「あっ……」

人を食べ物みたいに言うなと抗議したかったが、口から出たのは甘い喘ぎだけだった。

「言っただろ。俺は冷たくて甘いもの、大好きだって」

喉から顎にかけて撫でられる。軽くのけぞった隙に、シャツのボタンが外された。

服を全部脱がされるまでに、体中を舌と指で確認された。指や爪の一本一本まで、味わうように口に含まれる。本当に、食べられてしまいそうだ。

熱い口内に飲み込まれる自分の指を見ている内に、体の奥底が疼きだした。

「もう、いい、って……」

そう言ってもやめてもらえず、音を立てて指を舐めしゃぶられた。ぴちゃ、くちゅ、っと水音が響く。

高科の手や唇が移動する度に、悲鳴のような声を漏らす。

特に高科が気に入ったのは、耳から首筋を辿り、鎖骨へとつながるラインだった。そこをしつこく指で辿られ、肌を啄まれ、骨をしゃぶられた。

「あっ、やめっ……」

胸元の突起にも指が絡む。

女性ではないのだから、そんなところで感じるはずがない。英一はそう思っていた。しかしその思い込みは、あっさりと高科に打ち砕かれた。

「っ……うっ……」

かすかに色づくそこをもっと目立つものにしようというのか、両手の指で気が遠くなるほど揉みこまれた。

小さかったそこが硬く存在を主張するようになると、今度は舌でくすぐられる。充分に濡らされたところを強く吸われて、無意識の内に腰を突き上げてしまった。

「も、しつこい、っ……」

「ここ、かわいいからついいじりたくなるんだよ」

全身が汗ばみ、触れられてもいないのに欲望が熱を孕む。まだ身につけたままの下着がじっとり濡れたのが分かって、恥ずかしさに泣きたくなった。

「あんたはどこも敏感だな」

囁かれただけでも感じてしまう。びくびくと全身を震わせていると、高科が呟いた。

「綺麗な肌だ。クリームみたいに滑らかで、いつまでも舐めていたくなる」

吐息が耳をかすめ、また下肢に熱がたまっていく。

高科の手で下着を脱がされた時には、既に欲望が天を仰ぐほど立ち上がっていた。

「……見るな」

「いやだね」

視線が体に絡みついてくる。目を閉じてどうにか羞恥(しゅうち)をやり過ごそうとしたら、胸に刺激が走った。

「俺はあんたに見て欲しいんだけど」

高科は英一に跨(また)がるようにして、服を脱ぎはじめた。現れた肌の艶めかしさに息を飲む。前にこの体を見た時は、ここまでどきどきしなかった。

いつの間に自分は、こんなに彼を求めるようになったのだろう。

恐る恐る手を伸ばす。きっちりとした肩のラインに指を滑らせただけで、喉がからからに渇いた。

「なんだよ、くすぐったいな」

笑いながら高科が覆いかぶさってくる。

再び唇を重ねられ、口内を余すことなく舐めまわされた。それに恍惚としている内に、いつしか足を開かされていた。

ひっそりと息づく場所に、冷たい指が触れる。力が抜けていたはずの体が跳ねた。

「っ……」

指が入口を撫でる。それから少し強引に、中へと入ってきた。

違和感に眉を寄せる。きゅっと拒むようにそこが収縮すると、指はあっさりと抜かれてしまった。

くちゅくちゅと音がして、薄目を開けた。高科がその長い指にジェル状のものをまぶしていた。

開いた足の間をのぞき込まれ、恥ずかしさから逃げようとする体を押さえつけられた。

「こんな小さくて狭い場所で、俺を受け入れたんだよなぁ」

吐息が肌に触れ、身をよじる。些細な刺激さえも快楽に変換しようとする、自分の反応が怖い。

「いっぱい濡らして、気持ちよくしてやるよ」

「うっ……」

窄まりの表面が、何かに濡らされる。奇妙な感覚に唇を噛んだ。

力の抜けきった体は、なんなく侵入を許した。ゆっくりとなじませるような動きに震えるしかない。

濡れた指は、秘めた部分をどんどん侵略していく。

「こうやって、指でかき回して、拡げて」

指が内側の粘膜を擦った。纏っていたジェルを塗りこめられる。

繊細なボンボンショコラの仕上げをするような手つきだ。その丁寧さに肌が震え全身の毛穴から汗が吹き出した。

「……奥まで俺を、飲み込ませてやる」

中を探っていた指が、ある一点で止まる。そしてそこを、強く押された。

「あっ、やっ……！」

神経を鷲掴みにされたような、強烈な刺激に目を見開く。高科と視線が絡んだ。

「ここ、いいんだろ？」

答えることができなかった。気持ちいいと表現していいのかどうかも分からない。ただ鮮烈で、神経を直接かき乱されるような刺激だった。

「……そこ、は……いや、だ」

クリームを泡立てるような指遣いに息を飲む。敏感な場所をリズミカルに弾かれ、頭を打ち振る。

体温で蕩けたジェルがぐちゅぐちゅと音を立てた。

「いや？　本当は気持ちいいくせに。こっちも濡れ濡れでやらしいことになってる」

「くっ……あ、んっ……」

高科の手が英一の昂ぶりに触れた。腹につきそうなほど反り返り、とめどなく蜜が溢れていたそれを扱かれただけで息が止まる。

「ん、気持ちよさそうだな、ぬるぬるしてるぞ」

根元から筋を人差し指で辿られ、先端の蜜口を指の腹で押された。首筋を舐め上げられ、耳の中まで舌を差し込まれる。更に最奥を弄ぶ指が増え、抜き差しを繰り返された。

弱いところを集中的に責められて、喘ぐことしかできない。

「やっ……もうっ……」

指が引き抜かれると、喪失感からそこがひくついてしまった。あまりに淫らな反応に、消え入りたくなる。

いつの間にか零れていた涙をそっと指で拭った。

「大丈夫か？」

「ん……」

頷いて返すと、そっと頭を撫でられた。宥めるようにキスが降り注ぎ、少し落ち着いたところで、高科が膝立ちになった。

彼は小さなパッケージを手にしていた。いつの間に用意したのかと問う余裕もなく、ぼんやりと見上げる。

口を使って器用にそれを破いたものの、高科は一瞬迷った末に、中を出さずに袋ごとそれを放り投げた。

「やめた。今日もあんたの中に出してやる」

「……えっ？」

言っていることの意味がすぐには理解できず、高科の目を見つめる。足を持ち上げられ、体を二つ折りにされた状態になって、やっと彼が何をしようとしているかに気づいた。

「ちょっと待て……」

そんなに大きく膨らんだものを、まさかもう入れようというのか。しかも、そのままで……？

「いやだね」

無理だ。絶対に無理だ。そう思って腰を引くが、高科にあっさりと引き寄せられる。

「二度と俺を忘れないように、な」

膝の裏に手がかかり、持ち上げられた。腰が浮きあがる。

「おい、頼むから少し待……て……」

高科の指が最奥の表面を押し開く。宛がわれたものの硬さと熱に慄いた。

「やめっ……」

痛みへの恐怖に目を閉じる。こんな大きいものは無理だ。どう考えてもサイズ感があってない。

「大丈夫だ。俺に任せろ」

小刻みに体を震わせながら、必死で息を吐いた。

「くっ……やっ……」

こじ開けるようにして、燃え上がりそうなほど熱いものが入ってくる。

目を見開いた。思っていたほどの痛みはなかったが、違和感が全身を強張らせる。

狭いそこを押し広げられる感覚は、決して気持ちいいとは言えない。眉を寄せ、体を裏返しにされる恐怖に震えた。

「うっ……」

「すげぇな、吸いついてくる感じ」

シーツに手をついた高科が顔を寄せてきた。半開きになっていた唇を啄まれる。

「力抜けよ。もっと奥までいかせてくれ。いいだろ？」

宥めるような声にまで体が反応した。震える体を抱きしめられ、更に深いところまで押し入ってくる。

「……もう、む、り……」

逃げようとしても押さえられ、息を詰めたら宥めるように足を撫でる。そうして少し英一から力が抜けると、また入ってくる。延々と繰り返される内に、強張った体から勝手に力が抜けて行く。

「はぁ、……今日は、奥まで入ったな」

高科が抱えていた足を下ろしてくれた。

「あんたの中、とろとろで最高だ」

そんなことを褒められても困る。自分は必死で呼吸を紡がないと、死んでしまいそうなのに。

耳に差し込まれる舌の感触。身悶えると、体の内側で脈打つ高科の欲望を意識してしまった。

目を開ける。こちらを見下ろす、どこか苦しそうな高科の表情が視界に入った。

「俺のこと、好きだろ?」

今この状態でそんなことを聞いてくる男を睨みつけたい。だが彼の真剣な面持ちが、頑なになっていた心を解く。

「好きだろ?　ほら、頷くだけでいいからさ」

唆され、頷いた。好きだ。気がついたらこんなに好きになっていた。

結局は彼の思い通りになってしまった。でも今はその悔しさより、愛しさが勝っている。

「嬉しいよ」

ご褒美のように、昂ぶったままの欲望に指が絡められた。根元からきつめに扱かれると、そこから蕩けるような快楽を感じた。

「また泣いてる」

目尻に唇が触れ、軽く吸われた。更に頰から耳、首筋とキスが落ちてくる。宥めるようなその仕草に、呼吸が落ち着いていく。

胸を合わせているだけで、満ち足りた気持ちが押し寄せた。

「俺達が相性いいって言ったの、分かるだろ。こうやって動かないで抱きあってるだけで、とんでもなく気持ちいいんだ」

ぴったりと隙間なく体を重ねられた。苦しみと悦びの境界線をさ迷い、瞼を下ろす。これが、ひとつになるということなのだろうか。どこまでが自分かまったく分からない。体が内側から壊され、新しく作り上げられていく混沌とした感覚に目眩がした。

「どきどきしてるな」

高科が笑ったのが、肌越しに伝わってくる。彼と自分の鼓動が同じ速さだと気づいて、急激に熱が上がった。

「あ、高科っ……」

「そんなに締めつけんな。いっちまうだろ」

高科の笑い声が耳をくすぐった。汗で額に張りついた前髪をかきあげられる。

「動いてもいいか？」

「もう、好きにすればいいだろ……」

いちいち答えるのが恥ずかしくて、素っ気無く返した。シーツを握る手に力を込める。

「いやだね。俺はあんたと気持ちよくなりたいんだよ。な、動くぞ。いいか？」

こんな時でもひんやりとした手が、頬に触れた。

仕方なく、小さく頷いて続きを促す。

「痛かったら言えよ」

「ん……」

痛みを意識しつつ、彼の背に腕を回す。

最初は探るような動きだった。内襞を擦るように腰を揺らされる。じれったいような刺激に、熱い楔を受け入れた粘膜が潤んだような気がした。

入口近くまでゆっくり引き抜かれ、また奥へと入ってくる。もどかしいほどのスピードに焦れていると、不意に強く突き上げられた。

「うっ……あ、……入って、くる……」

最奥まで入ってきたそれが、またじりじりと引き抜かれた。たまらない感覚にのけぞり、頭をシーツにこすりつける。

何度も繰り返される内に、頭の芯がとろけてしまって何も考えられなくなった。ただつながった部分だけが敏感で、高科の動きをすべて感じとろうと蠢(うごめ)いている。

「平気そうだな」

高科の手が英一の膝を撫でた。

「んっ……」

痛みよりもはっきりとした愉悦を体が感じとっていた。そしてもっと欲しいと、淫らに訴えはじめる。

「じゃあちょっと、……動くぞ」

高科の動きが大胆なストロークに変わった。

「あっ、……だめ、んんっ……！」

浅い場所を穿(うが)たれ、はばかることなく声を上げる。全身が快楽に痺れていた。

入口まで腰を引いた高科が、体を叩きつけてきた。奥まで一気に貫かれる。肌と肌がぶつかる音と水音が混じりあい、耳さえも犯す。

浅い呼吸をしながら、快楽の坂を駆け上った。

「やっ……も」

激しい抽挿に我を忘れ、求められるまま悲鳴にも似た声を上げる。

深いところで攪拌（かくはん）され、体が溶けだす。高科にしがみつき、目を閉じてただ駆け回る熱に耐えた。そうしないと、今すぐにでも達してしまいそうだった。

バニラビーンズを煮詰める時のような、甘くて濃密な空気が室内を満たす。

「もっと足を開け。さっきのとこを擦ってやるから」

埋めこまれた熱が、ずるりと引き抜かれた。膝立ちになっていた足を開かされる。

「……ここだよな」

「あっ、やめっ……」

再び入ってきた楔が、弱い場所に押し当てられる。そのまま高科が口づけてきた。

「ん、んっ……！」

唇は隙間なく塞がれた状態で、くびれの段差を教えるように腰を回された。弱みを集中的に抉（えぐ）られ、息苦しさに身悶える。

「っ……」

声が漏れても、ぴったりと重なった唇は離れない。

「はぁ……」

酸欠になったみたいに頭がくらくらする。いつしか唇は離れ、高科に右耳全体を舐めしゃぶられていた。

「耳は、いや、だっ……」

くちゅくちゅと濡れた音が直接脳に響く。耳朶を噛まれ、その鈍い痛みに体が痺れた。

「ここ、弱いよな」

今度は左耳にキスをされ、形を辿るように舌を這わされた。背中にぞくぞくとした痺れが走る。更に右耳も指で撫でられ、息を詰めるほど感じてしまった。

つながった部分から拡がる熱と、耳からくる痺れが混ざり合い、大きな快楽の波になる。それに溺(おぼ)れてしまって、息ができない。

「あっ、も、いや……」

シーツを摑んで逃げようとしたが、腰骨を押さえられた。そのまま奥深くを容赦なく突き上げられ、のけぞって露になった喉の突起に噛みつかれる。

「いや？　こんなにやらしく腰つかってるくせに」

からかうように言い、高科が体を引いた。熱が逃げるのをとめようと浅ましく収縮した窄まりを突き上げられ、宙に浮いた足が激しく揺れた。

「ここもいいんだろ?」

胸の突起を指で軽くひっかかれる。淡く色づいたそこは、舌を押し当てられただけで芯を持って立ち上がった。

「そこ、やだっ……」

指と舌で弄られると息が上がる。意地悪な指先にひっかかれるようにされただけで、達してしまうかと思うほど感じてしまう。

「俺に触られて、いやなとこなんてないだろ。奥まで欲しいよな？」

言われた途端、深みを犯される期待に腰の奥が疼いた。欲しい気持ちを伝えようと頷いたが、それだけでは高科は許してくれない。

「ほら、ちゃんとねだれって」

傲慢に見下ろす高科をねめつける。乾いた唇を舌で濡らしてから、必死で言葉を紡いだ。

「欲し、いっ……早く、こいっ……」

足を高く抱えられ、弱々しく抵抗したが無視される。すべてを晒す格好はさすがに耐えられなくて、きつく目を閉じた。

体の奥深くまで征服されている。

本来なら受け入れる場所ではないところを蹂躙されているのに、どうして呼吸を忘れるほど悶えてしまうのだろう。

「あ、あっ……いっ……」

体が燃え立つ感覚に戸惑いながら、両手両足を高科に絡めた。そうするとより彼の動きを鮮明に感じる。

筋肉の動き、呼吸、体温。彼のすべてを知りたかった。

その気持ちを伝えるように粘膜が収縮し、高科の欲望に絡みついていく。

「んっ……」

気持ちよすぎて言葉にならない。ただ高科のリズムに合わせて体を揺らすだけだ。

腰骨を摑まれ、全身が浮き上がるほど激しく突き上げられる。我を忘れて声を上げ、体をくねらせては高科の楔を味わった。

高科の手にかかると、自分はまるでチョコレートのように蕩けてしまう。

「いく、ぞっ……」

高科の声が掠れていた。小刻みに震える体に愛しさがこみあげ、しがみつく。彼の肌は汗で濡れていた。

彼の体に熱がこもる。動きが速くなり、置いていかれないようにと一層手足を絡めた。

「やっ、で、るっ……」

高科の下腹部に擦られていた英一の欲望が、先に白濁を吹き上げた。

あまりの快楽に痙攣(けいれん)した体をぎゅっと抱きしめられ、体の奥が濡らされていく。

お互いに荒い呼吸のまま、貪るように唇を合わせた。少しでも離れたくないほど、全身が高科を求めている。止まらない。

抱きついた彼の体からは、彼が作り出すチョコレートのように甘く芳醇(ほうじゅん)な香りがした。

トリニティヒルズ三周年記念祭の初日。エクレアは予想を上回るスピードで完売した。

「一時間で完売？」

販売スタッフからの報告に目を見張る。

「これだと土日は数を増やさないと厳しそうだね」

真二が顔をしかめた。

英一と高科の関係を知った真二は、もう甘えないと宣言していた。友人に依頼されたクロカンブッシュのウェディングケーキも、できるところは自分でやると日々研究を重ねているらしい。毎晩、帰りが遅いから少し心配だ。

ただすべてを認めるとまでは完全に言えないらしく、英一への態度は変わらないが、高科にはひどくつっけんどんだった。それはそれで面白いので、英一は放っておくことにしている。

「うちはなんとかなるが、高科がどうかだな」

すぐに連絡をとって話しあった結果、週末は予定の倍の数を用意することに決まった。

平日は週末に備えて通常作業を前倒しにし、週末は早朝からエクレアに集中した。

そんな状態では、高科とはろくに話す時間もなかった。顔を合わせてもエクレアの話で終わりだ。

　スマートフォンにはメールが入っていた。しかし英一はそもそも電話もメールも苦手な上、気づくのが遅いことも多く、返事は出せていない。ＳＮＳはやってないから、ＩＤを問われても答えられなかった。

　そうしてばたばたと一週間が過ぎた。周年祭の最終日、閉店間際の片づけ作業中に高科がやってきた。勝手に厨房の中に入ってくる。

「何しに来たの」

　真二にそう言われても、高科はめげない。

「英一に会いに来たんだよ。決まってんだろ」

　挑発するような物言いに真二が反発する前に、高科を手招きした。そうすると彼は機嫌が良くなる。意外と単純な男だ。

「兄ちゃんさ、そいつを甘やかしても調子に乗るだけだよ」

　真二が鼻を鳴らす。

「俺達の幸せを妬むなって」

　高科はにやにやと笑いながら英一の腰に手を回したので、すぐにその腕は払った。

「……あー、もう本当にやだ。兄ちゃんがこんなに趣味が悪いと思わなかった」

「へぇ、じゃあお前は趣味がいいのか？」

にやっと笑った高科を真二が睨みつけた。

「少なくとも兄ちゃんよりはマシだから」

怒った様子の真二が厨房を出て行く。話についていけなかった英一は首を傾げた。

「おい、今のはどういうことだ」

もしかすると真二には好きな人がいて、その相手を高科が知っているのだろうか。

「んー、まああんたは知らなくていいことさ」

それより、と高科は真顔で英一を見つめた。

「久しぶりだな、英一」

少し低めのトーンで名前を呼ばれると、胸が高鳴ってしまう。だが高科の口から出たのは、英一を責める台詞だった。

「あんたさ、自分から連絡しようって気持ちはないのかよ。声が聞きたいとか会いたいって言ってみたらどうだ」

「悪かった。忙しかったんだ」

自分に非がある気がしたので、ここは素直に謝った。

「まあここにいるのは分かってるからいいけど。ところで、これから時間あるか。いい場所が見つかったんだ。見に行こうぜ」

どうやら新しい店のことらしい。高科の中では勝手に話が進んでいるようだ。

「俺はまだ返事をしてないぞ」

高科の頭には、すべて自分に都合のいいような変換機能がついているに違いない。ため息が出た。

「そうだったか？　まあいいじゃん、一緒にやっていこうぜ」

まるでこちらの返事なんて、聞かなくても分かっていると言いたげだ。しかし文句を言うより先に、高科の手に肩を抱かれた。

「俺とあんた、最強のコンビになるよ。間違いない」

高科となら、面白いことに挑戦できるかもしれない。可能性を信じてみたい。

でもまだ、怖い部分もある。

「まずは店を見てからな」

一歩前に進んだ答えと共に、英一は高科に微笑みかけた。

終(おわり)

ショコラティエの不埒な誘惑レシピ

据え膳。

高科満典は頭の中に浮かぶその単語を、どうにか打ち消そうとしていた。この状況は断じて違う。酔っぱらいを自宅に連れてきて、介抱しているだけだ。

ちらりとソファを見る。しどけなく横たわる彼の表情は分からない。

「稲場さん」

ソファに近づいて、そっと肩に触れてみる。声をかけて軽く揺すった。だが反応はない。高科の手の動きに合わせて揺れる体からは、完全に力が抜けている。

高科は床に膝をつき、彼の顔をのぞきこんだ。

眠っているのだろうか。穏やかな呼吸の音とは裏腹に、顔全体は赤く染まっている。少し唇を開いた顔は、いつものストイックな姿からは想像もできないほどに無防備だ。

「……酒に弱いなら言ってくれよ」

ため息交じりにぼやいても返事はない。すぅ、という寝息に高科は肩を竦めた。

こんなに酔って、何かされたらどうするんだ。

まったく、と小さく息をついてから、高科は自分に疑問を覚えた。何かされたら、とは具体的にどんなことを想定しているのか。するのは誰なのか。

高科は無意識の内にソファから一歩離れた。

どんなこと、ってそれはひとつしかないだろう。誰が、ってここにいるのは彼と高科だけだ。つまり自分がするということになる。

ごくり、と息を飲む音がした。それが自分の喉（のど）が発したものだと分かっていて、それでも高科は必死で、頭に浮かぶよこしまな想像をどうにかしようともがく。

これは据え膳ではない、食わずとも恥ではない、むしろ食ってはいけないものだ。自分にそう言い聞かせても、視線が彼に吸い寄せられてしまう。

だけどそれは必然なのかもしれない。彼――稲場英一（えいいち）という存在に、高科はずっと憧（あこが）れてきたのだから。


高科満典は『ショコラティエ・タカシナ』のオーナーショコラティエだ。郊外にある大型複合施設トリニティヒルズ内に店を構えて、もう三年が経（た）とうとしている。

三年前、高科には時間がなかった。海外ショコラティエの出店キャンセルの穴埋めという破格の契約条件を持ちかけられ、考える前にやると返事をした。とにかくまずはやってみるをモットーに生きてきたから、迷いはなかった。

しかし、道のりは思っていた以上に大変だった。勢いでどうにかするには、やることが多すぎる。

自分の甘さを思い知った高科を助けてくれたのは、『パティスリーイナバ』の先代だった。

ショコラトリーとパティスリーは扱っている商品が似ている。そのためか、二店はトリニティヒルズのオープン時からまるでライバル店のような扱いを受けた。

しかし再開発前からこの地区で有名だったパティスリーイナバと違い、ショコラティエ・タカシナは初出店だ。スタートラインが違いすぎる。はなからとても勝負にはならないと分かりきっていたので、高科はまず、先代へ素直に教えを請うた。

先代は高科の状況を理解し、商品ラインナップや店舗運営のノウハウを教えてくれた。自身の店も再オープンを控えて忙しいにもかかわらず親身になってくれたことを高科は今も感謝している。ついでにお前も学べと真二も呼び、三人で商品開発をしたのはいい思い出だ。

同い年で共通の知り合いがいた真二とはすぐに意気投合した。仕事場では厳しい先代も、家に帰ると優しい父親だと自慢されたものだ。

先代は口数の多い人ではなく、プライベートな話はあまりしなかった。フランスで修業中という長男の話を除いては。試食の合間の短い時間だったけれど、先代は自分が叶えられなかった夢に向かっている自慢の息子だと嬉しそうに話してくれた。フランスのパティスリーで修業しながらコンクールで優勝したと聞いて、羨ましかったのを覚えている。コンクールの記念写真も見せてもらった。線の細い繊細な顔立ちは、緊張したようにこわばっていなければかなり美しいだろう。

この人が、稲場英一か。高科より二歳年上、フランスで働くパティシエ。真二の自慢げな話に相槌を打ちながら、まだ見ぬ英一のことを知っていく。

今の彼はどんなものを手掛けているのだろう。彼が作ったものを食べてみたい。彼は一体、どんな味を作るのか。

もしもという仮定は嫌いだが、それでも高科は時々、もし自分が出店を断っていたらどうなっていたかと考えてしまう。出店の話がきた時、高科は資金が貯まり、海外へ修業に出る直前だった。もし予定通りに修業に出ていれば、もっとしっかりとした土台を作ってから自分の店を持てたのではないか。

だが想像しても現実が変わりはしない。高科にできることは、勢いのまま自分の店を作ることだけだった。

ばたばたとしたオープンから二年が過ぎようとした頃、先代が倒れた。真二から連絡を受けた高科が病院に駆けつけると、そこにはチューブに繋がれた先代の姿があった。

パニックを起こしていた真二を宥め、高科はできる限りサポートをするから先代に付きそえと言った。涙目の真二が弱々しく頷いて、ベッド脇の丸椅子に腰を下ろしたのを覚えている。

だが高科にできることはさほど多くなかった。先代の予断を許さぬ状況が続いて数日後の朝、パティスリーイナバの厨房に彼がいたから。

大理石の作業台の前に、その人は立っていた。見慣れていたはずの制服がひどく新鮮に見えたその瞬間を、高科は一生忘れないだろう。

彼が立っているのは、高科がこれまで何度も通り、見て、足を踏み入れたことがある場所だ。それなのにまるで知らないところのように輝いて見えるのは何故か。戸惑いながら高科は一歩だけ厨房に近づいた。

ガラス越しに見たその横顔は、見せてもらったコンクールの写真よりもずっと鋭い印象を受ける。そして想像していたよりもずっと線が細くて、華奢だった。

これが先代の息子で、真二の兄である稲場英一か。

挨拶をしておくべきだろう。高科が厨房に近づこうとしたその時、英一が目線を手元に落とした。つられた高科の目に入ってきたのは、彼の白い指だった。

細くて長い指が、焼きあがった細長いシュー生地を持つ。形からしてエクレアだろう。パティスリーイナバの定番商品のエクレアは、昔ながらのシューが柔らかいタイプで中にカスタードクリームが入っている。

彼はボウルに入ったチョコレートにエクレアを入れ、すぐに引きあげた。エクレアの表面をつややかなチョコレートのフォンダンが覆う。

エクレアの仕上げによくある工程だ。高科自身も数えきれないほど行ってきて、見慣れているはずだ。

それなのに、目が離せない。

英一の作業は、丁寧だが速かった。そして仕上がりにムラがない。ほぼ同じ形にチョコレートがつけられたエクレアが並んでいく、その素晴らしさを目の当たりにして、高科は生まれて初めて瞬き(まばた)を惜しんだ。

同じ作業の繰り返しなのに、どうしてこんなに美しいのか。今まで見てきたどのパティシエとも違う。高科は自分自身の持つ感覚がすべて英一へと向かっていくのを止められなかった。

彼の作業をずっと見ていたい。彼の目が何を見ているのかを知りたい。……呼吸を聞きたい、指に触れてみたい。

どうしてそんな感覚を抱くのか、自分でもよく分からなかった。ただエクレアを作っている姿を見ているだけではないか。頭では疑問に思うけれど、呼吸を忘れてしまうほど見入っているのもまた事実だった。

英一が手を止めた。ほんのわずかだが口角を引きあげたその時、高科は自分が息を飲む音をはっきりと聞いた。

「……」

彼が口を開いたけれど、ガラス越しでは聞こえなかった。そのままスタッフと話すべく振り返った彼の、背中を見つめる。

目が合うこともなかった。自分は彼の視界に入れなかったのだ。

高科は苦笑した。目立つ容姿だという自覚はある。それを仕事に利用してもいる。だけどそれは、彼に通じない。それがどうにも、悔しい。

挨拶のタイミングを逃したまま高科は自分の店に戻った。そしてその日の休憩時、高科はパティスリーイナバでエクレアを買った。

休憩室の隅に座り、手にとる。掲げてまじまじと見る。素朴なエクレアだ。

口に運ぼうとして手が震えた。彼が作ったものを食べるのだと思うと、勝手に胸が知らないリズムを刻む。

まずは一口、食べてみる。まずはチョコレート、そして生地の柔らかさに、カスタードクリームの味が重なる。

優しくて懐かしい甘さ。この味を、高科はよく知っていた。

「……同じじゃん」

これはよく知る先代の味だ。表面を覆うチョコレートの感触も、生地にしっとりと馴染(なじ)

んでいるのに、噛むと口の中で解ける感覚も同じ。

あの指が作り出したものが、これなのか。予想と違う、慣れた味に高科は笑ってしまった。

一気に体から力が抜けた。考えてみれば、いきなり味を変えるわけがないのだ。それなのに、勝手に何かを夢見ていたようだ。

もちろんこのエクレアはおいしい。だけどこれは彼の味ではない。でも彼が作ったものだ。自分でもよく分からないことをつらつらと考えながら、高科はエクレアを食べ終えた。

その日の夜、閉店作業はスタッフに任せ、高科は病院を訪れた。先代の病室には真二がいて、兄が帰国したが会ったかと聞いてきた。

「姿は見たけど、挨拶はまだ」

「じゃあ明日、うちから挨拶に行くよ。……これからは、兄ちゃんと一緒に店をやっていくからさ」

そう言って、先代が倒れてから不安そうな表情でいた真二がやっと笑った。

翌朝、真二は英一を連れて店にやってきた。並んでみてもやっぱり、この兄弟は似ていない。背格好だけでなく、顔立ちも雰囲気も違う。

「こちらがここのオーナーの高科さん」

真二は高科を雑に紹介した。英一がこちらを見る。目が合って逸らさず、彼は口を開いた。

「稲場です」

初めて聞いた声は落ち着いたものだった。

「いや、みんな稲場だから」

真二がツッコミを入れる。英一は一瞬だけ戸惑ったような顔をした後、そうか、と呟いた。真顔なのが高科には面白くて、噴きだしそうになるのを必死でこらえる。

「失礼しました。稲場英一です。父や真二がお世話になっております」

「高科満典です。お世話になっているのはこちらのほうです。これからもよろしくお願いします」

手を差し出す。どこか優雅な仕草で彼も手を出した。軽く握って、高科は彼の手が自分と同じくらい冷たいことに気がついた。

高科の手は冷たい。これも職業病だと、仕事を教えてくれた先輩ショコラティエには聞いている。英一の手が同じように冷たいのは、彼もまたチョコレートを扱ってきたからだろうか。

握手した手を見る。エクレアを仕上げる指先が頭をよぎった。そうだ、エクレアを食べたことを話そう。そう思って口を開きかけたけれど。

「あ、忙しい時にごめん。また来るから」

真二がそう言い、英一を促した。ああ、と頷いた彼が手を離す。温もりが残らないのを寂しく思いながら、高科は去っていく二人を見送った。

翌日から高科に朝の日課ができた。朝、通路を通る前にガラス越しに英一の作業風景を見ることだ。彼の作業は見ていて飽きない。

何度か目が合ったけれど、英一の反応は薄かった。きっと作業に意識を向けていたのだろう。

英一が厨房に姿を見せてから約半月後、先代が亡くなった。葬式の席で泣きじゃくる真二とは対照的に、背筋をまっすぐに伸ばして気丈に振る舞う英一の姿が印象的だった。先代亡き後、パティスリーイナバは英一中心に回り始めた。といっても、特に大きな変化はない。英一は毎朝、厨房に立って生菓子を作る。それだけだ。

彼の作業が繊細で美しいから、ずっと見ていたくなる。道具の扱いも優しく、材料にも無駄がないところは見習いたい。

ひとたび作業に入れば、彼の手が止まることはない。正確で丁寧な指づかいからは、寸分たがわぬ商品が仕上がる。すごいのはその集中力だ。彼はいつも、目の前にあるものに真剣な眼差し（まなざし）を向けていた。

見つめて、触れて、仕上げる。その真摯（しんし）な目で、自分を見て欲しい。いつの頃からか、高科はそう願うようになっていた。視線が勝手に彼を追いかけていると自覚したらもう、止められなかった。

この感情を表現するのに、適切な言葉を高科は知らなかった。それでもとにかく、英一と親しくなりたかったのだ。

だが親しくなれるきっかけを見つけられないまま、時が過ぎた。兄ちゃんは仕事以外に何も興味がない、と真二からは聞いていた。だがまさかここまでとは思わなかった。英一は一日中、ほぼ店から出ないのだ。

テナント会議でさりげなく隣を陣取って話しかけても、そっけない態度で返される。挨拶以上の会話もできやしない。

彼の作ったものが食べたくて、とりあえず店に出ているものは全種類食べた。だがそれはどれも、これまでの味と同じだった。

英一は父親である先代の味をそのまま受けついでいる。そう真二から聞いて、高科はしばらくその路線でいくのかと勝手に納得した。

そうして季節はもうすぐ一巡する。英一は先代と同じものを作り続けている。彼との距離は縮まっていない。

だがトリニティヒルズ三周年企画が高科に希望を持たせてくれた。やっと回ってきたチャンスだ、もちろん即答した。これをきっかけに絶対に距離を縮めるのだ。

まずは第一歩、そのつもりで高科は英一に言った。

「じゃあ閉店三十分後、従業員出入口の前で」

返事を聞く前に立ち去ったのは、返事を聞くのが怖かったからだ。彼は来てくれるだろうか。閉店までの時間が、高科には待ち遠しかった。

それからたった数時間。まさかの展開に、高科は頭を抱えている。

ずっと近づきたいと思っていた人が、目の前で無防備に眠っていた。きっと高科が触れても、彼は眠り続けるだろう。

もしも、本当にもしもという仮定だけれど、キスをしたって彼は目覚めないはずだ。それ以上だって、もしかしたら。

だが、こんなに都合のいい展開があるのか。頭にちらついていた据え膳という文字がどんどん大きくなる。

彼を自宅へ連れ帰った時に下心はなかったはずだ。たぶん。少なくとも、店を出る時はとにかく休ませようと考えていた。

「……頼むよ」

自分でも意味なく呟く。

トリニティヒルズの周年祭でコラボ商品を出さないかという提案があったから、打ち合わせを名目として英一を食事に誘った。駅の反対側にあるうまい料理を出す創作イタリアンの店を選んだのは、雰囲気も味もちょうどいいと思ったからだ。

ゆったりとしたテーブルで向き合い、まずはスパークリングワインで乾杯をした。彼がおいしそうにグラスを傾けるのを見て、高科の胸は勝手に高鳴った。英一のシャツとニットカーディガン姿が新鮮すぎる。

「コラボについて、何かお考えですか」

前菜を食べながら英一が切り出した。

「いいえ、突然だったもので特には」

「そうですか。……そうですよね、うちもです」

至近距離、私服で話す彼はいつもより少しだけ優しく見えた。低すぎない声はとても聞き取りやすい。

「どういうアプローチしましょうか。最近だと、……そうだ、この前使ってみたんですが」

仕事の話を口にしたら目を輝かせて食いついてきた。英一は決しておしゃべりではないが、先代ほど口数が少なくもなかったので、思いの外盛り上がった。特に最近の甘味料の話は楽しすぎた。

今思えば、あの時の英一はあまり食べていなかったような気がする。でも高科は話すことに夢中で、さほど注意を払っていなかった。

話す中でお互いに翌日は休みと分かったから、もう少し飲もうと誘った。高科は胸を弾ませて、普段は一人で行くお気に入りの店に英一を連れて行った。

おいしいシャンパンがある、と店のスタッフに言われて英一が目を輝かせたのを、高科は見逃さなかった。そうしてまた乾杯をして、話をしながら飲み続けた。

シャンパン片手に聞いた英一のフランス修業での話は興味深かった。近所には同じように日本から来た人が多く、色々と助け合ってきたらしい。住んでいた部屋が一時間おきに停電するようになった時は、カウントダウンをして盛り上がったそうだ。真顔でそんなことを話す英一に高科は笑ってしまった。

英一はずっと顔色を変えず、グラスを重ね続けた。まるでそれが当然であるかのように。受け答えもしっかりしていたと思う。だから高科は、店を出るために立ち上がるまで、英一が酔っていることに気がつかなかった。

立ってすぐにもたれかかってこられ、高科は目を丸くした。思っていたよりもずっと細い体からは、シャンパンと甘い香りがした。

さすがに今日はここまでだ。酔った英一を送ろうとしたが、高科は彼の家を知らなかった。真二に連絡しようかと思ったが、とっくに日付は変わっている。この仕事は朝が早い。こんな夜中に連絡しても迷惑だろう。

かといって、放置するという選択肢を高科は持ち合わせてはいなかった。当然だ。こんな状態の英一を放ってはおけない。

幸いにも明日はお互いに休みだ。ひとまず自宅に連れ帰ろうと考えた。それだけだ。下心なんてなかった。

だからこれは据え膳ではない。高科は改めて自分に言い聞かせるように心の中で繰り返した。そうしないと、視線が彼から離せないから。

高科はいつの間にか詰めていた息を吐いた。初めて長く話せたせいで昂(たか)ぶっていた心を、どうにか落ち着かせたい。

「……」

英一が身じろいだ。肩を丸めた彼の唇が動く。

「……勘弁してくれ」

その柔らかな唇の動きに、目も奪われる。

キスをしたら、どうなるだろう。想像してから高科は頭をかいた。

下心はなかったと否定できる。でも彼に惹(ひ)かれている気持ちは、否定できない。もっと話したい、近づきたいと思う根底にあるのは、恋心だ。

彼に惹かれていた。二人きりで話して、その想(おも)いは濃くなった。自覚したばかりの気持ちを楽しみたいけれど、そんな余裕が今はない。

好きな人が目の前で寝ているのだ。落ち着いてなどいられない。

高科の気持ちも知らずに眠る姿を眺める。綺麗(きれい)な顔をしていると思っていたが、寝顔はあどけない。

緩やかに上下する体を眺めていると、ソファからコートが床に滑り落ちた。店を出た時に英一が手に持っていたものだ。コートを拾い上げようと手を伸ばす。

「……寒い」

そのかすかな声に、吸い寄せられるように近づいた。その場に膝をつき、耳を澄ます。寒いと聞こえたのは、気のせいだろうか。

「なに？」

問いかけた声は、自分のものとは思えないほど甘かった。

「寒い……」

目を閉じたまま、薄い唇が開く。やはり寒いようだ。ブランケットでもかけようか、とあたりを見回した時、手首に冷たい何かが触れた。

「……稲場さん……」

英一の指が、高科の手首を掴(つか)んでいる。繊細そうな、だけどしっかりとした、男の手だ。この手が作り出すものを、知っている。毎日ずっと眺めてきたのだから。いつか触れたい、そう願っていたあの指が、自分に触れている。

ぶわっと自分の全身の毛が逆立つのを、高科はどこか他人事(ひとごと)のように感じた。目の前にいる英一の冷たい指先が確かに伝わっているのに、まるで現実感がない。だってこんな夢のような展開、都合がよすぎるではないか。

英一は目を閉じ、規則的な呼吸をしている。通った鼻筋、薄い唇と整った顔立ちを見ていると、自然と頬が緩んだ。

ずっと見ていた人だ。もっと彼のことを知りたい。それだけじゃなく、自分のことも知って欲しいと思っている。

高科の手首を摑んでいた英一の指から、力が抜けた。あ、と小さな声を上げて、英一が目を開ける。

とろりと蕩けた眼差しは、高科を見ているようで見ていなかった。英一はソファに手をつくと、体を起こそうとする。しかし手が滑ったのか、その場に崩れた。

高科は咄嗟に手を伸ばした。英一の上半身が倒れこんでくる。抱きとめた体は骨ばっていて硬い。それがとても新鮮だった。

英一は高科の腕の中で身じろいだ後、ほっとしたような息を吐く。それがやけに色っぽいから困る。

「……あったかい」

胸元に、すりすりと頬ずりされた。

「……い、稲場さん?」

声が裏返る。高科は混乱のあまり、英一の肩を摑んで引き離した。

「……」

不満そうに据わった目が高科に向けられた。彼はまるでそうするのが当然であるかのように、再び抱きついてこようとする。

「いいのかよ、これ……」

思わず口から出たのは、まぎれもなく本心だ。高科は恐る恐る手を伸ばし、英一の左頰に触れた。

「……？」

驚いたように瞬いてから、首を傾げる姿がかわいすぎた。正直に言えば下半身に直撃した。

「……っ……」

自分でもよく分からない衝動のまま、英一を抱き寄せた。

同じ男の体だ。華奢ではあるが、柔らかくはない。だがそれは、昂ぶらない理由にはならなかった。

おいしそう、と思った。この体を味わってみたい。本能がそう訴えるせいで、腰の奥が重たかった。

酔いなんてとっくに醒めている。理性が、こんな形で始めるのはどうなのかと自分を責めてきた。ちゃんと自分の気持ちを告げて、それから、と理想が頭に次から次へと浮かぶ。それにこれから自分達は共に仕事をするのだ。気まずくなるのはまずいだろう。

だけどそれを、欲望が蹴散らす。

もし気持ちを伝えたとして、彼が受け入れてくれるとは限らないのだ。どんな形であれ、まずは進めてしまうのもありだろう。この機会を逃すな。なにより先に進め、そう思って生きてきたじゃないか。

高科は口元を引き締めてから、最後の確認をした。

「あんたを食ってしまうぞ?」

「んー?」

間延びした返事と、どこを見ているのかよく分からない眼差し。英一に判断能力なんてないと分かっていても、もう我慢できない。

高科は英一の頬を両手で包んだ。きっと自分の手は冷たいだろう。少しいやがるように顔をそむけるから、それを追いかけて顔を寄せた。

唇からのぞく舌が艶めかしい。誘われている。そう思っても当然だろう。高科は開き直って腹をくくった。

初めての口づけに緊張が走る。ゆっくりと重ねただけで、全身に痺れが広がった。

柔らかい、熱い、……おいしい。一度触れたらもう、何も考えられなくなった。もっと味わいたい。唇を重ね、すぐに離すのを繰り返す。抵抗がないのをいいことに、そのまま舌を差し入れた。

「んっ……」

鼻から抜けるような声を上げた英一の、口内を舐める。アルコールの味と香りに交じる、甘い余韻。――おいしい、もっと。

英一の舌に自分のそれを絡めた。薄い舌だ。彼の顎に指をかけ、口を閉じられないようにしてから、強く吸った。熱く濡れた感触を堪能しながら、英一の首筋に手を回す。しっとりとした肌が、こんなにも指に馴染むのはどうしてだろう。うなじまでゆっくりと撫でながら、角度を変えて唇を味わった。

お互いの息遣いとかすかな水音が聞こえる。英一は積極的な反応を見せないけれど、拒みはしなかった。それが嬉しくて、つい口づけは深くなる。

「……はぁ、……っ」

いつしか息をするのも忘れていた。唇を離し、息を整えながら英一の前髪をかきあげる。目を伏せた彼の、口角から溢れた唾液を舐めとった。

鼓動がすさまじい速さになっていた。落ち着かせようと息を吐く。キスだけでこんなに昂ぶったのは初めてだ。

「……まずいな」

これまで生きてきた中で一番、興奮している。このままだと歯止めが利かない。だがなんの準備もないこの状況で、英一を傷つけずにどこまでできるだろうか。

考えながら再び口づけようとした時、英一が初めて拒むように体を引いた。

「まずい？」

その一言を発してから、英一の顔が悲しげに歪んだ。高科をじっと見る目は濡れはじめていて、今にも涙がこぼれそうだ。

「違う、そういう意味じゃなくて」

慌てて首を振る。言葉の選択を間違えた。高科は英一の頭を抱き寄せた。胸元に頬を預けた英一は、高科の服をぎゅっと握った。

そのかわいい仕草はなんだ。普段の彼とは違いすぎる姿がたまらない。血液が一気に沸騰し、喉がからからに干上がった。

こんなにうまそうなものを食べないなんて、どうかしている。このチャンスはものにすべきだ。据え膳はおいしくいただきたい。

「……あんたが悪いんだからな」

覚悟を決めたにもかかわらず、陳腐な台詞を口にしてしまう。無意味な予防線を張る自分自身に苦笑しつつ、高科は英一の体を抱きあげた。

細身に見えるがそれなりに身長もある、男の体だ。しかも酔っていて力が半端に抜けていて、正直に言うと重い。だがその重さがリアルだ。

「……？」

英一は抱きあげられた状況を理解していないのか、不思議そうな表情で瞬いてから、高科を見上げた。こちらを見ているようで見ていない、その眼差しに煽(あお)られる。

勘弁してくれ、と高科は心の中で呟いた。そんな目で見られたら、我慢も限界だ。この場ですぐ押し倒したくなる。

「掴まってろ。落としたくない」

できるだけ優しく言い、英一が小さく頷いたのを確認してから、高科は足を踏み出した。

鼓動がありえない速さになっている。胸元に頭を預けておとなしくしている英一の耳に、この心音が届いているだろうか。

ドアを足で開け、寝室に入る。リビングのソファでなだれ込むのも悪くない。だけど初めてなので、ちゃんとベッドで彼を抱きしめたかった。

寝室の奥にベッドがある。そこに辿(たど)りつくまで机や一人用のソファ、ライトがあった。すべてこだわりを持って選んだのだが、今はこの距離がもどかしい。ベッドに直行できればいいのになんて勝手なことを考えながら、ずり落ちそうな英一の体を抱え直した。

「……」

英一が何か言ったけれど、聞こえなかった。それがひどく残念で、高科を急(せ)かす。それでもできる限りそっと、英一をベッドに下ろした。繊細なボンボンショコラを並べる時のように神経を使い、最後に頭を枕(まくら)に乗せる。

無言でしどけなく横たわる彼の足元に膝をついた。ニットカーディガンを脱がせ、シャツに手をかける。ボタンをひとつずつ外していく度に、胸が高鳴りすぎて破裂しそうだ。

英一は目を伏せ、特に抗いもせずされるがままでいる。彼はこれから何をされるか分かっていない。罪悪感が頭をかすめたが、欲望がそれをすぐに消し去った。身じろいだ英一の、首筋が目に入ったせいだ。

うまそうだ。同性にしては細めの首は、一体どんな味がするだろう?

上気していてもなお白いと分かる肌に触れる。想像していたよりもずっとしっとりした感触に、指が震えた。

そうだ、自分はずっと、この肌に触れることを想像していたのだ。

触れた肌はひんやりとしている。酔っているはずなのに、不思議な体温だ。一度触れたらもう離すなんてできない。欲望が暴走するのを止める術など、高科は最初から持ち合わせていなかった。

ゆっくりと体を傾ける。首筋に唇を押し当てて、軽く吸った。

おいしい。人肌に味があるとは思っていなかったけれど、この甘さはなんだ。

このまま食い破ってしまいたい衝動を必死で抑え、体を起こした。落ち着け、と自分に言い聞かせてから、改めてベッドに横たわる英一を見る。

高科はこれまで同性に魅かれたことはない。特に同性を恋愛対象として見てはこなかった。だからこんな風に、同性の肌を見るだけで昂ぶるのは初めての経験だ。英一を前にすると、性別なんて些細な問題はどうでもよくて、ただ彼が欲しくなる。

だって彼は、今まで出会ってきた誰よりも、おいしそうだから。

頬に手を伸ばす。なめらかな肌の感触を手のひらで確認していると、英一が口を開いた。誘われている気がして、唇を寄せる。

彼の唇は、薄くて柔らかかった。重なった部分から伝わる熱が、あっという間に全身へと広がっていく。

何度か角度を変えて柔らかさを味わってから、唇の隙間に舌を差し入れた。濡れた内側の感触に身震いする。キスだけでこんなに興奮して大丈夫なのかと、自分が心配になってきた。

英一の頭に手を置いて、口づけを深くする。口内を探り、歯と粘膜を舌で辿る。それだけでは足りなくて、彼の舌の裏までまさぐった。

「ん、んっ……」

苦しそうに頭を揺らした英一が、唇を外す。いきなりやりすぎたかと苦笑して、高科は英一の髪に触れてそっと撫でた。

涙目で見上げてくる英一の、頼りない表情が愛しかった。目をぎゅっとつぶった彼のまなじりから溢れたしずくに唇を寄せる。

「……いやだったか？」

返事はなかった。濡れた目がぼんやりと高科を見ている。拒まれてはいないと解釈することにして、高科は英一に囁いた。

「……舌、出せるか？」

「……ん」

半開きの唇から、舌が少しだけのぞいた。

「もっとだ」

ほら、と促すようにその舌を軽く引っ張った。おずおずと差し出された薄い舌を唇で挟み、先端を舐めてから全体を吸う。戸惑うように竦んで逃げようとする舌を捕まえる。また逃げる。その反応が楽しくて、つい熱心に繰り返してしまった。鼻にかかったような少し苦しそうな声まで愛しい。

「……っ、やっ……め……」

苦しそうな声と共に唇が離れていき、我に返る。やりすぎてしまったのか、顔を逸らされてしまった。

「ごめん、つい」

夢中になりすぎていた自分に呆れつつ、謝る。英一は荒い呼吸をしながら、上気した頬をシーツに預けていた。伏せられた眼差しが色っぽくて、目が離せない。

英一が少し落ち着いたタイミングで、そっと前髪に触れる。その髪は柔らかく、高科の手に馴染んだ。

何か言いたげに開いた唇に、自分のそれを押し当てた。表面を吸ってから、舌を入れ、頬の内側を舐める。歯の裏を辿り、くすぐってから、英一の舌をとらえた。

厚みのない舌を自分の口内に引き入れて、吐息と舌を絡める。くちゅ、ぴちゃ、と立てるかすかな水音に、どうしようもないほど興奮した。

竦んでいた英一の舌がぎこちなく動くのに煽られる。逃げるつもりだろうが、逆効果だ。体温が上がる。いつまでも口づけていたい。

高科は薄く目を開けた。英一は苦しげに眉(まゆ)を寄せている。息継ぎがうまくできないようだ。どうにも余裕がない自分に呆れつつ、名残惜しいが唇を離した。

「っ……は、ぁ……」

シーツに手をつき、高科は必死で息を吸う英一に目を細めた。頬を彩っていた熱が首筋まで広がっている。シャツに手をかけ、前を大きく開いた。露(あらわ)になった肌が艶めかしい光を放つ。

そっと触れる。撫でる。唇を当てる。吸う。

英一の体温を指と口で味わうだけで、頭の芯(しん)まで熱くなるのが分かった。首筋から鎖骨までを堪能しつつ、そっと伸ばした指で、乳首に触れた。控えめに形を主張しているそれを、まずは指で愛(め)でる。少しずつ硬くなるのを楽しみながら、頭の位置を下げていく。なめらかな肌に浮かぶ突起がいやらしい。少し強めに摘まんでから、唇全体で吸いついた。

「あ、あっ……」

水を含んだような濡れた声が響いた。その大きさに驚いたのか、英一は恥ずかしそうに右腕で顔を隠してしまう。反応が初々しい。触れられることに馴(な)れていないようだ。

「隠すなよ」

高科は英一の手首を摑んで腕を広げた。どこか不安そうな目が見上げてくる。

「俺はあんたの顔も声もぜんぶ知りたいから」

彼の額に唇を落とす。英一の体が軽く強張(こわば)ったが、体のラインを撫でて宥めた。そうする内に英一から力が抜けて、シーツに身を預けるようになる。

あまり性急すぎてもいけないのかもしれない。内心で反省しつつ、高科は英一の肌に触れ続けた。少しでも自分の手が彼に馴染んでくれるようにと願いながら。

「んっ……」

英一がくすぐったそうに身じろいだタイミングで、彼の腰を抱き寄せた。緩くだが彼の欲望が兆しているのを確認してから、ボトムを下着ごと脱がせる。英一は抵抗しないばかりか、軽く腰を浮かせる仕草さえしてくれた。

拒まれてはいないのだ。気を大きくした高科は、英一の服を適当に放りなげた。膝立ちになり、自分も着ていた薄手のニットを脱ぐ。興奮のせいで体が汗ばんでいた。逸る気持ちを抑えるべく深く息を吐いてから、改めて英一の体を見る。同性の体をこうしてまじまじと見るのは初めてだ。無意識に自分と比べてしまう。白い肌に浮き上がった骨がひどく魅力的に見えた。

そして高科の視線は、英一の下肢に辿りついた。ちゃんと反応している。高科は手を伸ばしてそれを緩く揉んだ。そうするだけで、芯が通ったように一層硬くなる。手のひらにある自分のものではない熱さが新鮮で、高科は昂ぶりを握っている手を上下させた。

手の中で育っていく英一の欲望に胸を撫でおろす。男の体は正直だ。気持ちよくなければ、こんな風に硬くならない。

根元をくすぐり、反応を見ながら先端に親指で触れる。どくん、と脈打つ音が聞こえた。英一が体をくねらせ、息を詰める。じんわりと指先を濡らすのは、彼が溢れさせた体液だ。ぬめりを帯びたそれを塗りつけるようにして、大きく育った性器を扱く。

かすかな水音に、自分の荒い呼吸が交じる。高科の手に合わせるように英一の足が跳ねた。

「……っ、……んんっ」

英一が漏らす声の甘さがたまらない。彼の足に力が入っては抜ける。白い太ももから膝まで手を滑らせて感触を楽しみながら、英一の足を広げた。

肉付きの薄い下腹部から、昂ぶった性器、そして淡い下生えの奥を視線で味わう。つつましく息づく最奥（さいおう）に指を伸ばした。

できるなら繋がりたかった。彼の内側まで入って、すべてを味わいつくしたい。欲望のままこの先へと進みたいが、同性との性行為の知識がないから慎重になる。英一を傷つけることは本意ではないのだ。

とにかく何か濡らすものがいる。体の奥にまで触れるのだから、舐めても平気なものがいいだろう。

高科はベッドサイドのテーブルに手を伸ばした。そこには毎晩シャワーを浴びた後に塗るボディクリームが置いてある。オレンジのさわやかな香りが気に入って愛用しているものだ。とはいえ、いくら天然成分でも仕事に余計なにおいを持ち込めないので、朝起きて軽くシャワーを浴びた時に流してしまう。

つまりこの香りは、さわやかであっても高科にとっては夜の香りだ。

銀色のチューブから手のひらに出したクリームを温め、指に絡ませる。いつもの香りがこの非日常で騒いだままの鼓動を少し落ち着かせてくれた。

指先までクリームを塗り、英一の足を持ち上げる。そっと最奥に触れ、軽く撫でる。

高科は眉を寄せた。息づくそこが、あまりにも小さく見えたのだ。

こんなにも小さな場所に、入るのだろうか。

既に興奮状態にある自分の昂ぶりを確認した。体格に見合った大きさと自負しているそれは、早く出してくれと下着を押し上げている。

「……大丈夫だ」

根拠もないまま声に出して自分に言い聞かせ、高科は英一の足を大きく広げた。その間に体を置く。

指を後孔に押し当てる。まとったクリームを塗りこめるように指を動かしながら、硬いそこを柔らかくしていく。オレンジが英一のにおいを消してしまうのは残念だけど、彼を傷つけないためには仕方がない。

「っ……」

小さく呻いたものの、英一は逃げなかった。少しだけ指を埋めてみる。途端に、きつく締めつけられた。

狭い場所だ。埋めた指を無理には動かさずになじませる。浅い呼吸をする英一の反応を見ながら、彼の下肢へ顔を寄せた。

英一の欲望にそっと息を吹きかける。びくりと震えるそれに気をよくして、唇を押し当てた。温かなその形を辿る。まったく抵抗のない自分に驚きつつ、くびれ部分に舌を這わせた。

「……ん、っっ……」

鼻から抜けるような息遣いが聞こえた。英一は胸から腰までを不規則に上下させている。何度も瞬きをして、唇を開いては閉じていた。何が起こっているのか分からないのだろう。それでいい。余計なことは考えずに、気持ちよくなってくれれば。

高科は無言で英一の体に口づけながら、指を軽く引いた。指にまとったクリームが、彼の中で溶けていく。

「んっ、あぁ」

小さく呻いた英一の腰が跳ねた。それを追いかけずに、浅いところを撫でる。窄(すぼ)まりの皺(しわ)を広げるように指を使い、締めつけを緩めていく。

「あっ……、んんっ」

ついに英一が甘い息を零(こぼ)し始めた。感じているのは痛みだけではない、そう伝えてくれる声だ。

最初は硬くなっていたそこが、柔らかく解けてきた。慎重に縁を広げながら、高科は指の数を増やす。

指を包む粘膜は熱く濡れていた。溶けたクリームの湿った水音が、やけに大きく聞こえる。荒い呼吸は自分か英一か、それとも両方か。

「……もう、いいか」

三本の指を埋めた時、高科は汗だくになっていた。喉も干上がっている。左手で額の汗を雑に拭(ぬぐ)うと、高科は自分の指を受け入れて甘い吐息を零す英一を見つめた。

掠れた声は英一の耳に届いただろうか。彼の濡れた瞳はぼんやりと揺れていて、高科をまっすぐに見てはくれない。それがひどく寂しかった。今こうして彼の内側に触れているのは高科だと、英一はちゃんと分かってくれているのか。

不安が胸に突き刺さる。それをやり過ごすべく深く息を吐いてから、ゆっくりと指を抜いた。引き留めるように粘膜が絡みつく。

こんな風に吸いつかれたら、すぐに達してしまいそうだ。想像しただけで興奮する。早くこの中へ入りたい。

この体のすべてを知りたいと思った。こんなに欲情したのは初めてだ。下着を押し上げる昂ぶりが窮屈で、高科は左手でベルトを外して前を開いた。

英一の足の間に膝をつく。その時になって、これまでされるがままだった英一の手が伸びてきた。

高科の腕を摑み、肩へと撫で上げる。誘うようなその仕草に、体の芯が震えた。

もしかして、英一は慣れているのだろうか。

そんな疑問が頭をよぎった途端、腹の底が急に熱くなる。それが興奮なのか怒りなのか、高科自身も判断ができぬままに口を開いていた。

「……あんた、いつもこうなのか」

自分が発したとは思えないほど低い声だ。高科は唇を歪ませた。

これまで見てきて、今日も話をした。真二からも色々と聞いている。そうして自分が知った稲場英一という人は、好きにしてくれと言わんばかりに体を投げだして誘うような人ではなかった。

今はただ酔っているだけだ。自分に触れてきたことにも特に理由はないのだろう。――頭の片隅でそう思っても、すぐに納得できないほどに頭が煮えていた。

だってこんな、いやらしい仕草をするなんて。

「……なあ」

答えが欲しくて、英一の肩を揺すった。このタイミングで問うのは無粋と分かっていても、今この瞬間にはっきりしないと気が済みそうにない。狭量だと笑われてもいい、確認しておきたかった。それでこの先が何か変わることはたぶんないけれど、それでも彼の反応が、演技だなんて思いたくない。

「なに、が……?」

甘く掠れた声が返される。英一の目はやはりうつろだ。この目に映るのが自分だという確信があれば、こんなに心が乱されないで済むのに。

「……こうやって、誘ってきたのか？」

その問いを口にするだけで苛立ってしまう。

「？」

英一はゆっくりと瞬きをした。意味が分からないとでも言いたげな表情だ。そして困ったように首を傾げる。

「……だから、その……」

勢いを削がれた高科は肩を落とした。どう見ても英一は酔っていて、これは彼の素のように見える。

はぁ、と深く息を吐いた。もしこれが演技だとしても、騙されてなんの問題があるのか。たちが悪くとも、こうして彼の体を愛せているのは事実だ。これから何も考えられなくしてしまえばいいだろう。

自分勝手な結論を出して腹をくくった高科は、改めて英一の頬に手を伸ばした。

「……稲場さん」

なめらかな肌を手のひらで感じながら、視線を合わせた。すると英一が瞳を伏せ、唇を軽く噛む。

「……」

小さな声が何かを訴える。

「……なに？」

彼の唇に耳を寄せる。すると消え入りそうな声が返ってきた。

「……名前……」

「ああ、名前がどうした？」

何を訴えようとしているのか知りたくて、できる限り優しく問う。英一は少し眉を寄せ、吐息混じりに言った。

「……呼べ」

「？」

今度は高科が戸惑う番だった。名前、呼べ。その意味することがひとつしか思いつかない。

「英一と呼んでもいいのか？」

「……もちろん」

ふわりと、花が咲くように英一は笑った。邪気のないその表情に、高科は瞬きも呼吸も忘れた。心臓がありえないくらい激しい音を立てている。痛いくらいに張り詰めた性器の先端からうっかり体液が溢れたのも、下着が濡れたのも、英一のせいだ。

「英一」

初めて呼んだ彼の名は、高科の唇にとても馴染んだ。それが嬉しくて、心の中でも繰り返す。

「……ん」

呼ばれた英一も喜んで見えるのは気のせいじゃない。うつろだった目がじんわりと濡れ、高科を見ていた。

「英一、なあ、もういいよな？」

とにかくひとつになりたい。欲望が暴走するのを理性で必死に抑えながら、英一の膝を持ち上げた。下着から取り出した高科自身は期待に震えている。

余裕はなかった。柔らかくぬかるんで息づく窄まりに、昂ぶりを押し当てる。先端のぬめりを使い、少し埋めてみた。

「っ……」

高科は呻いて腰を引いた。強く吸いつかれて、そこが蕩けるかと思った。英一の膝を撫でて気持ちを落ち着かせてから、改めてそこへ昂ぶりを宛（あて）がう。

ゆっくりと体重をかけ、中へと進む。だがすぐに阻まれた。

「いっ……」

英一が短く叫ぶ。体の奥の異物感に耐えられないのか、柔らかく解した彼の後孔が拒むように固くなっていた。高科は焦らず、宥めるように英一の体に触れる。

「力を抜いてくれ」

浅い呼吸を繰り返す英一の様子からすると、この体が男を知らないのは明らかだ。勝手な想像に腹を立てた自分を恥じつつ、高科は英一に口づけた。

嚙んでいた唇が解けるように願って、舌先でくすぐる。少しずつ開かせ、震える英一の舌先を舐めた。キスが激しくならないことを心掛け、英一から強ばりが抜けるのを待つ。

「……んっ」

甘い吐息が聞こえてきたのを確認して、高科は閉じようとする英一の足を抱え直した。露になっている英一の性器はちゃんと興奮している。手を伸ばし、先端を包んでから裏筋を親指で擦った。

「……あっ、……っ」

英一が体を揺らしたタイミングで、腰を進める。一番太い部分を飲みこませたら、もう奥へと進むだけだ。

熟れた粘膜を硬い先端で擦りながら、深いところを目指す。わずかな隆起を突いたら、英一の体が跳ねた。

「くっ、……」

英一は逃げるようにずり上がっていく。高科は反射的に肩を摑んでそれを押さえこんだ。逃がすものか。本能のまま、英一の腰を摑んで繋がりを深くする。貫いた角度のせいで、英一の奥を先端で突いた。

「ひっ」

高い声は悲鳴に近かった。英一が目を見開き、呆然(ぼうぜん)とした表情で高科を見上げる。一気に奥まで入ってしまったようで、きつく締められた。少し腰を引くと、ずぷっと派手な音が響く。

「っ……なんだ、これ……」

　狭くて、熱くて、濡れたそこは、高科を受けとめて吸いついてくる。心地よさに目眩を覚え、自然と口が開いた。

「……はは」

　思わず笑ってしまう。英一の中が熱すぎて、先端からバターのように蕩けてしまいそうだ。このまま動きだしたい。粘膜を合わせて、熱を分け合って、何も考えられないくらいの快感に溺れたい。もっと奥深くまで進みたい。

　しかし英一は眉を寄せて小刻みに震えている。彼が落ち着くまで、少し待ったほうがいいだろう。

　高科は英一の熱が冷めないように彼の首筋や耳に触れた。

「んんっ、……うっ……」

　苦しそうに喘ぐ英一の胸元、色づいた部分に目がいく。そういえばここをあまりかわいがっていなかった。白い肌を彩る淡い紅色を撫でる。軽く身をよじった英一の反応を見ながら、色づいた部分の中心にある小さな突起を指で摘まんだ。

「あっ」

　指の腹で揉んでから、軽く引っ張る。英一が甘い声を上げて背をしならせた。差し出される形になった胸元を、遠慮なく存分に弄らせてもらう。

　小さく尖ったそこを転がす。爪先で軽くひっかくと、びくんと震えた英一の体が高科の昂ぶりを締めつけた。感覚が繋がっている、その喜びに口元が緩む。

　芯を持って硬くなった乳首を目でも楽しむ。息を軽く吹きかけただけでも震えるそれが愛しい。

　高科は背を丸め、英一の胸元に頬を寄せた。ちゅっと軽く音を立てて右の乳首に口づける。唇で挟み、その感触を味わった。

「いや、だ……」

　英一が頭を打ち振る。何がいやだというのか。高科を奥まで受け入れて、頬を火照らせながらも甘い声を上げているのに。

「ここ、好きか？」

　舌で右の乳首全体を押しつぶす。軽く歯を当てると、英一の肌がざっと粟立った。

「だ、め……」

　うわごとのように言い、英一が目を閉じる。その切なそうな表情が高科をあおっていると、はたして彼は分かっているのか。

　気を抜けば達してしまいそうな快感の中、高科はシーツに手をついて体を起こした。英一が呼吸をしやすいように足を下げる。視線はそのまま、繋がった部分に向かった。

「……っ……これは、……すごいな」

ひっそりと息づいていた窄まりは、今や高科の性器を健気にも頑張っている。盛り上がった縁がいやらしい。高科は興奮のあまり荒くなっていた呼吸を落ち着かせながら、そこを視線で愛でた。

彼と体を繋げている事実を目にして、歓喜に震える。胸を満たす愛しさが、彼にちゃんと伝わっていればいいのに。

小刻みに動かす英一の体を抱きしめる。唇を合わせるだけのキスをしたら、頭の芯まで快感に痺れた。繋がった部分から自分が蕩けていくのを感じつつ、ついばむような口づけを続ける。柔らかな唇の感触が気持ちいい。離すのがもったいない。

薄く開いた唇を吸い、お互いの呼吸と体をぴたりと重ねる。繋がりが深くなる充足に高科が浸っていると、英一が小さな声を上げた。

「くっ」

高科も堪え切れずに声を上げる。英一の内側が、脈打った高科の昂ぶりに吸いついたせいだ。

「っ……そんな……、締めるな……っ……」

背筋を突き抜けた喜悦に崩れそうだ。下腹部に力を入れてなんとか堪え、高科は唇を強く噛んだ。そうでもしないと、勝手に口から出る言葉にならない呻きと共にめちゃくちゃに腰を振ってしまう。

「あ、……うっ……」

英一が驚いたように瞬く。自分の体がどんな風に高科を誘惑しているのか、まったく分かっていないようだ。

高科は詰めていた息を吐いた。

「……なぁ、動いてもいいか？」

英一の様子をうかがう。労る余裕なんて本当はまったくない。今すぐにでも腰を振り、奥深くを突いてかきまわしたい。だけど高科は下腹部に力を入れて、欲望の暴走に耐えた。身勝手なセックスがしたいわけじゃない。二人で気持ちよくなりたい。

「……いいだろ、ここ、……もっと深くまでいきたい」

高科は英一の腰に手をかけた。骨ばった部分をそっと撫でる。英一は目を伏せ、軽く顎を上下させた。

これは絶対に、了承の合図だ。腹の底から熱いものがこみあげて、高科は身震いした。

「……動くぞ」

宣言してから、ゆっくりと体を引いた。引きとめるように絡みついてくる粘膜は熱く濡れている。抜け落ちそうになったらまた奥へ向かう。単純な繰り返しから生まれる熱が、全身を駆け巡った。

クリームを泡立てるみたいに腰を使っている内に、少しずつ英一の体が柔らかくなっていく。眉を寄せて身もだえる英一を見つめながら、慎重に進んだ。

根元近くまでをなんとか埋める。先端から蕩けそうな感覚に包まれ、高科の口元が緩んだ。これまで経験したことがないほどの快感で、すぐにでも極めてしまいそうだ。

どうしても浅くなってしまう呼吸を少し落ち着かせてから、高科は英一の腰を抱え直した。

穿つ時に体が跳ねたわずかな隆起を、押し上げてから突く。

「あぁ……っ……」

英一の声が艶やかなものに変わった。体をびくびく震わせながら、性器の先端から体液を溢れさせる姿に息を飲む。

「……ここ、だよな」

この隆起が、英一の弱い場所だ。確信を持って、そこを先端のくびれで強く抉る。

「あっ……！」

英一の体が弾む。遠慮もなく揺すると、背をしならせた英一がシーツを摑んだ。

「そこ、……やめっ……」

跳ねる体を抱きしめる。密着した肌のなめらかさに酔いながら、高科はひたすら腰を振った。張り出した先端で中を余すことなく擦ると、甘い水音が繋がった部分から聞こえてくる。

「いやだ、……おかしく、なる……」

英一が頭を打ち振る。だが言葉とは裏腹に、彼の体はいやがっていない。素直に快感に震えている彼の性器を右手に摑む。

「なればいい」

高科はすっかり乾いていた唇を舐めた。英一が快楽に溺れていく姿を目の当たりにして、胸の高鳴りが止まらない。

「あっ、ひっ……！」

英一の性器を扱いてから、根元の袋に触れる。ぐっと中が持ち上がっているから、彼の限界も近そうだ。

「ここも、乳首も、硬くなってるぞ」

左手の指で乳首を撫でる。硬くしこったそこを軽く摘まむと、強く締めつけられた。

「はは、すごいな……」

ひとつになっているのだ。伝わってくる快感に高科は目を細めた。英一は高科の手の動きに合わせて腰を揺らしている。髪がシーツに散った。押し殺した喘ぎに煽られて、高科は目を細める。

「……気持ちいいか？」

セックスの最中に聞く必要があるとは思えなかった言葉を、気がつけば自分が発していた。この蕩けそうな快感が独りよがりなものではないという、確信が欲しいのだ。

高科は荒い息を抑え、英一の頬に手を添えた。もうそんなにもちそうになかった。だってこんな、身も心も気持ちいいなんて初めてなのだ。

「答えろよ、……英一」

名前を口に出しただけで、どうしてこんなに細胞が沸き立つように興奮するのだろう。全身の毛が逆立って、どっと汗が吹き出した。

「……ん……」

返事ともため息とも判断できるような声が返される。英一は目を閉じて眉を寄せていた。呼吸も少し落ち着いている。

「なあ」

高科は英一の耳に唇を寄せた。

「名前で呼んでくれよ」

耳に舌を這わせてから、耳朶を噛む。びくっと跳ねた体を抱きしめ、鼓動を重ねた。そうすると、英一の肌の感触や汗、昂ぶりの形までがよく分かる。

彼はちゃんと反応していた。感じてくれていることに疑いの余地はない。でも、と高科を唆すのは、欲張りな高科自身だった。

英一はぎゅっと目を閉じ、シーツを摑んでいる。こうして体を繋げているのに、こちらを見てくれない。もしかすると高科が相手だと認識していないのでは、なんてネガティヴな想像をしかけて、高科は慌てて思考を打ち切った。

細かいことはどうでもいい。今はただ、英一の声で、自分の名前を聞きたい。

「……ほら、早く」

急かすように言いながらも動かない。焦らす作戦のつもりだがすぐに自分の失敗を悟った。早く彼をめちゃくちゃにしてしまいたい。衝動と高科が心の中で戦っていると、英一が目を開けた。

視線が絡むだけで、体の熱が上がる。名前を呼ばれるのを諦めてもう動いてしまおうかと、高科が決めたその時、薄くて形のいい唇が動いた。

「高科っ……」

聞こえてきたものは、望んだもののようでいて、微妙に違った。思わず笑ってしまう。

「俺はあんたを英一って呼ぶのに、あんたは苗字なのか？」

少し強めに体を揺すったのは、悔しかったせいだ。たぶん英一は、高科の名前を覚えていないのだ。そんな相手とセックスしてるんだぞ、と意地悪に言いたくなるのを堪えて、高科は英一の耳をくすぐった。

「満典、だ」

ついでとばかりに柔らかな耳朶を引っ張る。

「俺、満典、って言うんだけど。……呼べるよな？」

「……っ……」

身を震わせた英一が目を閉じて眉を寄せた。唇は開きかけたままだ。

「呼べって、……」

わざとらしく腰を使った。シーツを掴む英一の指が一層白くなる。それに気を良くして、中を強くこねた。先端の硬い部分と柔らかな粘膜が擦れ、濡れた音が立つ。

「あっ……！」

クリームよりも甘く喘がれただけで、腰が震えるような快感が走った。シーツを掴む英一の手に、自分の手を重ねる。

「……みつ、のりっ……」

苦しそうに名前を呼ばれたのが、引き金になった。全身がかっと熱くなり、血液が下肢へと集まっていく。英一の中を楽しんでいた先端が一層硬くなり、裏筋がぴんと張ったのが分かった。どくどくと血を集め、太く硬く育った欲望が、暴発しそうになる。

「くっ……」

下腹部に力を入れて射精を堪えながら、腰を引いた。吸いついてくる粘膜に誘われてまた中に戻る。温かくて濡れた感触に、だらしなく唇が開いて閉じられない。

「……あっ……」

高科の動きに合わせて揺れる英一の眦から、涙が零れる。ひっきりなしに甘い声を紡ぎながら、悩ましく崩れる表情を見る。

いつも静かに商品と向き合う清廉な彼が、自分に貫かれてこんなにもいやらしく乱れてくれるなんて。

「ん！　っ、あ、ぁっ……！」

乳首を軽く弄った瞬間、英一の体が小刻みに震えた。

「ん、いきそう？」

息を詰めた彼へ問いかけたとほぼ同時に、下腹部が熱くなる。

「え、……」

視線を下に向ける。腰を突き上げながら、英一が極めていた。直接的な刺激もなしに、先端のくぼみから精液を迸らせる姿に息を飲む。

「あ、……うそ、だ……なに……」

自分の体に何が起こっているのか、英一は理解できていないのだろう。呆然と見上げてくる彼に、高科は笑いかけた。

「嘘じゃない、あんたはこんな風に、……俺とセックスして、いったんだよ」

絞るように収縮され、絶頂へと誘われる。その動きに、高科は逆らわなかった。

「……っ、……そんなに、締めるなって……」

脱力している英一を組み敷き、指を一本ずつ絡めながらベッドに押しつける。狭くなったところへと進んだら、包むように吸いつかれた。この奥にもいつか入ってみたい。

「っ、もう、っ……い、く……」

目の前が真っ白になるような快楽の波がやってくる。それに身を任せ、高みに向かう。

「……出す、ぞ」

奥深くにある、柔らかい部分で達した。全身に痺れが走る。

「あっ」

迸るものを感じたのか、反射的に逃げようとする英一の体を押さえ込む。

駄目だ、逃がさない。夢中で腰を叩きつけ、熱を放つ。断続的に飛び出る体液の勢いは自分でも驚くほどだった。

「……ん、あつ、いっ……」

英一が口走った言葉に煽られる。

「ああ、……全部、あんたの中に、……っ……」

自分の放ったものの温かさが伝わってくる。英一の中に、欲望を吐き出したのだ。

誰かの体内で、こんな風に達したのは初めてだった。内側から、自分のものにした。満たされた独占欲に安堵する。

「んっ」

何か言いかけた英一の唇に吸いつき、乱れた吐息を混ぜあう。こうすることでもっと深く繋がれる。

水音混じりの口づけをしている内に、互いの体から熱が引いていく。高科は英一に倒れ込むようにして抱きついた。下腹部に湿った感触がする。お互いの肌も汗まみれだ。

いくら憧れていた相手とはいえ、余裕がなさすぎた。苦笑しつつ、高科は英一から体を離す。繋がりが解ける寂しさを振り払い、達した直後のけだるさも無視した。

シーツに沈み込んだ英一に体重をかけないようにしながら肌を密着させ、まだ落ち着かない鼓動を重ねる。高科は投げだされていた英一の手をとった。

この指だ。焦がれたこの指が、今は自分に預けられている。高科は英一の指先を恭しく掲げ、口づけた。


いつもとは違う温もりがある。自分の腕の中で身じろぐそれが愛しくて、抱きしめようと思ったのに腕からするりと逃げられた。

瞼(まぶた)の向こうが明るい。ベッドが揺れ、高科はゆっくりと目を開ける。すぐそばに何も身につけていない英一がいて、こちらを見ていた。

愛しい人の温もりを感じながら目覚める、休日の朝。まるで映画のような、幸せな一日の始まりだ。高科は英一に手を伸ばした。できればこのまま、まどろんでいたい。

「……もう少しこうしてよう」

抱きしめた体はひんやりとしていた。

こうして自分のベッドで英一と抱きあっているのが、どうにも不思議だ。昨夜を思いだしたらどうしたって表情が緩む。あんなに激しく愛しあえたなんて、夢のようだ。

もぞもぞとうごく英一の頭を抱いて、髪に指を絡める。耳を撫でていると、英一が高科を見た。

「今日もおいしそうだな、あんた」

今日は二人とも休みで、時間がある。英一の体は少し冷えているから、温めよう。朝だけどキスだけで終わらなくてもいいだろう。そんなふわふわとした気持ちで、高科はおいしそうな英一に口づけた。

ぴたりと唇を塞いでから、薄い唇の表面を舐めた。震える体を抱きしめ、さあその先へと思った瞬間だった。

「いてっ。……何すんだよ」

唇に噛みつかれ、高科は顔をしかめた。ふぅふぅと息を乱した英一が睨みつけてくる。

高科はその姿をまじまじと見つめた。

居心地悪そうに目を逸らされる。英一のこちらを見る目が、昨夜とはあまりに違う。

「それは、……こっちの台詞、だ」

睨みながら唇を手の甲で拭った英一が離れていく。いやな予感に、高科は一気に覚醒した。この空気はなんだ？

「大体、なんで俺とお前がこんなこと」

「？　何言ってんの、英一」

「……気安く人の名前を呼ぶな」

「は？」

高科は手をついて上半身を起こした。英一の態度から、高科の頭にはいやな仮説が浮かぶ。

英一は、昨夜のことを覚えていないのではないか。

「あんたが呼んでいいって言ったんだろ。忘れたのか」

英一が目を逸らす。どうやら仮説は正解のようだ。こんなところで察しの良さを発揮した自分に苦笑しつつ、高科は英一をじっと見つめた。

さて、これからどうしてくれよう。意地悪な気持ちを隠しもせず、高科は英一との距離を詰める。勢いでそのまま押し切れるだろうか。

「あんたってさ、結構激しいタイプだったんだね」

少し盛ったが嘘はついていない。顔色を失い、英一が混乱しているのを眺めながら、次の手を考える。

「なっ……。嘘だ、そんなこと」

「俺は嘘なんて面倒なものはつかねぇよ」

心外なのでそう言い返す。英一は少しだけくせのついた髪をかき乱した。

「知らない！　そんなの嘘……」

「ストップ」

これ以上、否定の言葉は聞きたくない。声を大きくして英一を黙らせた。

既成事実をなかったことにさせるつもりはかけらもなかった。それに英一の態度から、嫌われていないことは確信している。つまりここから、始めればいい。それだけだ。

とはいえ、すべてをリセットされては困るので、念押しは必要だ。昨夜のめくるめく時間を伝えながら、その体に思いださせようと彼の首筋に顔を埋める。

「英一」

逃げようとはしているのだろうが、抵抗に力がない。いっそこのまま、と思った時だった。

知らない着信音が聞こえてくる。意識がそちらに向いた瞬間、組み敷いた英一にするりと逃げられた。

「……はい」

英一が迷わず電話に出る。相手は誰だと考えるまでもなく、漏れ聞こえた声で分かった。英一の弟、真二だ。

言い訳めいたことを口にしている英一の背中を眺める。友達、と彼は言った。

「友達?」

真二に聞こえるような声を出す。すると英一がすごい勢いで振り返り、こちらを睨む。それを受け流し、彼の白い背中を眺めた。

細い腰を摑んで揺さぶってから、まだ半日も経っていない。思いだしただけで体が熱くなってきた。こちらを無視して会話する英一に近づいていく。

会話の内容は仕事絡みだ。そこを邪魔すれば彼の機嫌を損ねる結果になると判断し、電話が終わるのを待つ。

「……じゃあ、またあとで」

電話を切ったタイミングで、英一に後ろから抱きついた。肩に顎を乗せる。

「店からの電話?」

「……関係ないだろ」

そう言って立ち上がろうとした体を抱きしめる。逃げようとする体に、こっちがどれだけ興奮しているか伝えたけれど、抵抗された。しかもこれから店に出るという。

「過保護だねぇ」

真二に任せろとは思うが、気持ちは分かるだけに仕事の邪魔はしたくない。ここは引いておこう。

そうして二日酔いに苦しむ英一をからかいつつも彼に支度をさせ、職場に送った。

英一は休みのはずだが本気で仕事をするつもりらしいので、貸しという形にした。その分だけ堂々と、彼の作業を見学してやろう。

パティスリーイナバは、レモンイエローをメインカラーにした明るくさわやかな店だ。右側の通路に面した厨房はガラス張りで、作業がよく見える。

見学のお供にアイスコーヒーを買っておく。着替えた英一がチョコレート、バター、生クリームをボウルに入れた。湯煎（ゆせん）にかけ、アシスタントに指示を出しながら、乳化させていく。メレンゲをくわえ、混ぜてから型に流し込む一連の作業にまったく無駄な動きがなくて感心する。

手元に向けるまっすぐな彼の眼差しは美しい。あの目が潤み、自分を見上げてきた時を思いだし、高科は口元を緩めた。急に喉がからからになったので、アイスコーヒーを口にする。

この人が好きだ。憧れという言葉ではもう収まりきらないのを改めて自覚する。

「すげっ」

いつの間にか子供が何人か集まってきていた。ガラスに手をつき、顔をくっつけるようにして英一の姿を見ている。

オープンに入れるところまでを見終えたら、その場を離れた。

さて、これからどうしよう。せっかくの休日だ。結局何も話しあえなかった英一とのコラボについてアイディアを出しつつ、彼をどう口説き落とすかでも考えようか。

翌日から、高科は攻めの態勢に入った。

まずは朝から英一に声をかける。貸しがあると強く出て、周囲に聞こえないように声をかけたら、胸元に摑みかかられた。

「黙れ！」

むき出しの感情をぶつけられるのがたまらない。このまま殴られても面白い。体の奥底がぞくぞくと震えるような興奮に襲われていたが、呆れた声が英一を現実に引き戻した。

「二人とも落ち着いてよ。朝から何をそんなに興奮してんの」

困った顔の真二を見た英一が、高科を睨みつけてくる。朝の忙しい時間だ、そろそろ潮時か。そう判断して、次の約束をとりつけてパティスリーイナバを出た。

もし真二が止めに入らなければどうなっていただろう。きつい眼差しをぶつけてくる英一の姿を想像しただけで、一日楽しく過ごせそうだった。

それからの毎日は、こんなに楽しくていいのだろうかと思うほど充実していた。

ショコラティエにとって年明けから二月前半は稼ぎ時で、とにかく忙しい。しかも新店舗の出店計画もあってしばらく高科に休みはない。こんな時期にコラボ商品なんて大変すぎるのだが、英一と会う時間が増えるので問題はなかった。

商品のためという大義名分があれば、英一は話を聞いてくれる。トリニティヒルズ内とはいえデートもしてくれた。ランチもして、夏の予定もとりつけた。

慌ただしい毎日だが、必ず英一の前に顔を出した。彼が作った商品も食べた。どれもおいしくて、でも、彼の父親の味なのが少し寂しかった。

稲場英一が作り出すものは、どんな味なんだろう。

コラボ商品の打ち合わせをする度に、そのことばかりが気になった。だが英一は真剣に取り合ってくれないので、先代と話した会話の断片を思いだし、エクレアをリクエストした。

少しとはいえ毎日顔を合わせて話していると、英一がどんな人間か分かってくる。とにかく彼は仕事熱心だ。自分を疎かにするところがある。そして押しに弱い。

『俺は稲場英一が作った物をコラボ商品にしたい』

高科の願いを受けいれ、英一はコラボ商品としてエクレアを作ってくれることになった。

そんな中で、ショコラティエ・タカシナに英一がやってきた。厨房の隅にある椅子に腰かける英一の姿が、先代と重なる。先代もそこに座って、高科の話を聞いてくれた。

先代とは違い、英一は居心地が悪そうに体を小さくしている。そういえば彼は寒がりだった。

ショコラショーを作って英一に渡し、自分はウイスキーを氷の入ったグラスに注ぐ。自分のテリトリーに彼がいるせいで口が軽くなり、つい夢を語ってしまった。

「お前は仕事を楽しんでいるんだな」

そう言った時、英一の目はとても優しかった。

「そりゃあ、好きで選んだ仕事だから」

英一は高科が作ったものを評価してくれた。だけど高科自身に対しては辛辣である。高科は誠実に英一に接しているつもりだった。しかし通じていないのならば、アプローチ方法を変えるべきかもしれない。

コラボ商品のエクレアの話は、すぐに流れが決まった。英一もやる気のようだ。どんなものが出来上がるのか楽しみすぎて、つい口がすべった。先代から英一の話を聞いていたことをばらしてしまったのだ。

だけどそれで、英一の頑なさが少し解けた。そろそろ先に進んでもいいだろうか。そう思って重ねたキスは、ショコラショーの味がした。

答えは平手打ちだった。少し急ぎすぎたようだ。だけどこんなことで諦めはしない。

次の打ち合わせで、英一は真二を連れてきた。三人だと打ち合わせはあっという間に終わってしまう。それでは物足りない。どうにか二人になる機会を作ろうと、真二の予定がある時に英一を呼び出した。

コラボに当たり、高科には気になっていることがひとつあった。英一がチョコレートを使うと言いださないことだ。たぶん、ショコラティエである自分に遠慮しているのだ。でもそれを正面からぶつけるのは得策ではない。そう思って、高科は英一を外に連れ出した。冬の屋外で食べるアイス。寒がりの英一にはきっとない、でも必要な選択肢。自分のルールに忠実な彼の、表面だけでも壊してみたかった。その頑なさが魅力とは分かっているけれど、でもそれだけでは、もったいない。

「あんたの作ったチョコレートクリーム、食べてみたい」

それは高科の心からの願いだった。

二日後にその願いは叶った。初めて口にした、稲場英一の作ったチョコレートクリームは、彼らしい端正な味だ。すごい、と思った。たった二日で、こんな理想通りの味を出してくるのか。

真二の協力のおかげだと、英一は言った。それがやけに気に障って、とげのように刺さった。

バレンタインデーはさすがに忙しかったので、ろくに話す時間もなかった。睡眠時間を確保するのがやっとの毎日、高科の心の支えは英一とのコラボ商品だった。

どんなものが出来上がるだろう。想像しただけで心が躍る。

忙しさが落ちついてから、高科は久しぶりに自分用にチョコレートを作った。英一へ愛をたっぷりこめた、一日遅れのバレンタインデーだ。特にチェリーボンボンは自信作だった。

少々形が崩れたものはまとめてパティスリーイナバのスタッフへの差し入れにした。思っていたほど嫌がらずに英一が受け取ってくれたので、ホワイトデーに期待を持つことにする。

バレンタインデーの翌週、高科は英一を自宅へ呼ぶことに成功した。エクレアの上に載せるプレートを試作したからという理由があったので、断られなかった。

今の自分達にとって、最も大事なことはコラボ商品の成功だ。恋愛的な進展を優先している場合ではない。頭で分かっていても、心と体は先に進みたがっていた。一度あったことは二度ある。高科は根拠もなくそう信じて、英一を誘った。

プレート試食は歓喜の時間だった。自分が作ったものを、英一が口にしたのだ。目を閉じて味わう姿に、その後に水を含もうとして零した姿に、全身の血が沸騰した。

興奮のままに、彼へと口づけた。英一の作ったキャラメル・サレのクリームと、高科が手掛けたローストコーヒー豆を載せたミルクチョコレートのプレートの、甘くて苦い味。最後にくる塩気までがはっきりと感じとれた。

「英一」

名を呼ぶ。頭を抱きしめると、英一の体から力が抜けた。そのまま貪(むさぼ)ろうとしたその時、舌に吸いつかれた。

絡んできた舌の感触に脳が痺れて、すぐには動けなかった。入ってきた薄い舌に自分の舌を重ねる。目を閉じる暇がなかったから、マナー違反と思いつつも英一の表情が蕩けていくのを眺めた。

英一の目が薄く開く。濡れた眼差しに誘われ、一度離した唇を再び重ねようとした時、だった。再び真二の電話に阻まれた。

こんなことまで二度なくてもいいのに。うまくいかない。焦っても仕方ないと分かっているのだが、自分のペースに持ち込めないことが高科を苛立たせた。自分より優先される真二に嫉妬していたのもある。

だからつい、口が過ぎた。甘かった空気はとげとげしいものになり、そのまま英一は高科の部屋を出て行った。

「……くそっ」

何をしているんだ。頭を抱えてため息をつく。こんなのは醜い嫉妬だ。弟というだけで自分よりも英一の近くにいて、気にかけてもらえる真二が羨ましい。

その真二も余裕がないようで、遅くまで店に残っている姿を見かける。いつも明るい彼の表情が陰っているのに気がついていたけれど、自分にはどうすることもできないと高科は分かっていた。

少々の手詰まり感がある中、コラボ商品は完成した。最優先事項にめどがついたので、高科は英一と二人で話そうとした。だけど真二が邪魔をする。

　そうなれば正面突破だ。どうアプローチするか、高科は色々と考えてきたけれど、英一にはとにかく勢いが必要だ。押して押して最後にまた押せば、きっと受け止めてくれる。

「行くぞ、英一」

　呼びかけた瞬間、高科は確信した。英一はこの手をとる。理由はない、ただ英一の目を見て、そう思っただけだ。だから背を向け、店を出た。

　確信は現実になった。英一は高科を追いかけてきてくれたのだ。

　こうして、高科は英一と結ばれた。めでたしめでたし。

「——はぁ」

　現実はそううまくいかないものだ。高科は握ったスマートフォンをじっと見た。

　夕食でもどうかと英一を誘ったのは朝のこと。今は夕方。昼には既読になったが返事はない。ため息もでるというものだ。

　想いを通じさせてから、高科は英一がおそろしく不精だと知った。とにかく連絡が来ない。そういえば前に真二が、兄と連絡をとるのはかなり難しいと零していた。あれは英一が海外だからなのかと思っていたが、どうもそれだけではなさそうだ。

　もちろんSNSとも無縁だ。そもそも英一はスマートフォンの使い方もよく分かっていないのではと高科は思っている。

かといって、英一がそっけないかというとそうでもない。二人きりになればちゃんと目を見て話してくれる。求めれば応じてくれるし、意外と積極的な時もあるから面白い。

四月も半ば、ショコラティエ・タカシナの繁忙期は終わっていた。これから夏が終わるまで、高科には時間の余裕がある。

しかしパティスリーイナバは三月から四月にかけても忙しいそうだ。ひな祭りとホワイトデーが終わったかと思えば、卒業式に入学式が待っている。洋菓子の中でも日持ちする焼菓子の出番が多く、真二がぴりぴりしている。

高科と英一の関係を知ってから、真二は高科への態度を露骨に変えた。だがその表情は明るいので、彼なりになにかふっきれたのだろうと思う。今も仲良し兄弟ではあるが、べったりではなくなった。

新店舗の計画は進んでいる。カカオ豆の焙煎（ばいせん）にも本腰を入れたい。秋からの新製品のアイディアも出して、試作に取り掛かりたい。やりたいことはいっぱいだ。

そしてなにより、英一に会いたい。姿を見てはいるけれど、ろくに話せていないのだ。話がしたい。触れたい。最後に二人きりになってからもう十日が経っている。英一が足りない。

せめて声だけでも聞きたい。いや、もし聞いたら触れたくなってしまう。やっぱり会いたい。

「……はぁ」

再びため息をつく。すると後ろから、なんだ、という楽しげな声が聞こえた。

「渋い顔をしているな」

そこに立っていたのは、電話が入ったからと席を外したはずのおじ、瀬島直志だった。

「いつ戻ってきた」

「お前が最初のため息をついた頃かな」

「……声かけろよ」

憮然と言い返す。何も言わず、おじは高科の正面の椅子に座った。

「そんな無粋なことはしないよ」

瀬島は口元をわずかに緩めた。母の弟である彼とは八歳しか離れていないため、高科にとっては兄のような存在だ。

大学在学中に起業した瀬島は、数年前に国内有数の建設会社を傘下に収めた。その彼が今、最も力を入れているのがこのトリニティヒルズだ。オーナーとして忙しい合間を縫って顔を出している。

瀬島用の個室はバックヤードからそう遠くない。呼び出された高科だったが、用事を聞く前におじが席を外していたのだ。

「恋人か」

「ああ」

隠すつもりはないので正直に答える。瀬島に隠しごとをするのは無駄だと高科はよく知っていた。生まれた時からの付き合いで、すぐ感情を見破られてしまう。

「そうか、お前もついにそんな顔をするようになったのか」

眼鏡の奥の目がわずかに細められる。

「……どんな顔だよ」

どうにも気恥ずかしい。おじと二人きりになると幼い頃の感覚に戻って感情が露わになってしまう。

「自覚はないのか」

くくっと小さく笑われる。このまま瀬島ペースで話が進むのは厄介だとよく知っているので、高科は言い返した。

「あるけどさ。別にいいだろ。俺は素直なんだよ。あんたみたいに間違えたくないから」

最近、瀬島は長年付き合っていた恋人と別れたようだ。本人から直接聞いたわけではないのだが、雰囲気から高科は察していた。そしてその原因もきっと瀬島にあると予想している。

「聞き捨てならないな。私は間違えていないよ」

「へぇ。余裕だなぁ」

表情は変わらないが、声はどこか楽しげだ。瀬島が感情的になっている姿を高科は見た記憶がない。いつも冷静で、年齢よりもずっと大人びていた。

「余裕もなにも、……あれは私のものだ」

瀬島はそう言い切ると、口元を緩めた。まるでそこに相手がいるかのような甘さを含んだ眼差しだが、その態度は自信に満ちている。

強がりでもなさそうなのが怖い。これは別れたと思ったのが自分の勘違いだったか。高科は肩を竦めた。

「はいはい、そうですか」

そうやってのろけるなら、相手を紹介してくれればいいのに。高科は心の中でひっそりとぼやく。

瀬島は恋人を高科に紹介してくれない。だが高科は相手をよく知っていた。塾講師のバイトをしていたおじが恋をした、高科と同い年の教え子。

高科が同性相手の恋愛感情に抵抗がなかったのは瀬島の影響だ。優秀なおじの恋人が男だと知った時は確かに驚いたが、そういう恋愛の形もあるのだと知るきっかけにもなった。

瀬島は恋人を物のようにあれと呼ぶのが、照れ隠しではないと知っている。誰かの前でうっかり名前を口に出さないようにしているのだ。それだけ相手を大切にしていて、周囲から結婚を勧められても耳も貸さない。

「で、今日は何の用」

「先日のお礼だ」

すっと差し出されたのは白い封筒だった。

「先日？」

なんのことかと首を傾げる。

「引き出物に添えたショコラボックスだ。好評だったと喜んでいたぞ」

「ああ、結婚式のことか」

先日、瀬島の秘書の一人が結婚式を挙げた。その協力のお礼らしい。受け取って中を確認する。封はされておらず、中には厚手の紙が入っていた。

「なにこれ」

「新しいホテルの宿泊券だ。使うといい」

中から取り出した紙には、最近完成した高級ホテルの名前が書かれている。

「たいしたことしてないのに、悪いな」

既に代金は受け取っているので、普通ならば遠慮する。だが瀬島は出したものを引っ込めないので、素直に貰うことにした。英一を誘おう、と心に決める。

「さて、ではお前の話を聞かせてもらおうか」

おじは芝居がかったゆっくりさで、足を組みかえた。

「そんな時間があるのか」

「もちろん」

さあ話せ、と目が促す。高科は眉を寄せた。

「だが特に話すことはない」

「もったいぶるな。きっかけくらい教えてくれてもいいだろう」

「……」

コラボ商品がきっかけだと話せば、相手が英一だとばれる。どうすればいいのか迷いながら、高科は口を開いた。

「前から気になっていたから、俺から声をかけた。それでまあ、食事に行って距離を縮めた。それだけだ」

嘘はついていない。興味深そうに頷きながら、瀬島が首を捻る。

「お前の場合はどっちがチョコレートを渡すんだ？」

「なんの話だ」

「バレンタインデーさ。ショコラティエにチョコレートを渡すのは勇気がいると思うが」

どうなんだ、と瀬島が続けた。そんなところを気にしていたのか。

「バレンタインデーは俺が渡した」

「忙しい時期に大変だったな。それで、お返しは？」

「……」

ホワイトデーは、パティスリーイナバからとして渡された。英一個人からのものはなかったのだ。

口を噤んだ高科を見て、瀬島はくくっと声を殺すように笑った。

「そうか、まあそれも稲場さんらしいな」

瀬島の一言に、高科はすぐ反応できなかった。

「……は？」

なんのことだと切り返せればよかったのだろう。だが咄嗟にそんな風に返せる余裕はなかった。

英一とのことは話していないのに、どうして知っているのか。答えはひとつしかない。

「あいつか」

瀬島は答えず、手元のスマートフォンに視線を落とした。

仕事だろうか。ちょうどいいタイミングだ、これ以上何かを喋らされる前にこの部屋を出て行きたい。そろそろ閉店の作業もある。

「俺、戻るぞ」

高科が腰を上げたその時、ノックもなくドアが開いた。入ってきたのは真二だ。

「なんで満典がここに？」

大きな白い封筒を手にした真二が露骨に不機嫌な顔になる。

「それはこっちの台詞だ」

「俺はこれを持ってきたんだけど」

はい、と真二が封筒を瀬島に渡す。瀬島は封筒からアルバムのようなものを取り出した。

「ああ、よく撮れているな」

ちらりと見えたのは、瀬島の秘書の結婚式の写真だ。

「特にこれ」

瀬島が見せてくれたのは、幸せそうな二人がクロカンブッシュのウェディングケーキの隣で微笑(ほほえ)む写真だった。

「うまくできたな」

瀬島が見ているのは、ウェディングケーキだ。それを誰が作ったのか、高科は英一から聞かされている。

高科は真二に目を向けた。彼はあれ、とわざとらしい声を上げる。

「今日は兄ちゃん用事ありそうだったけど、満典じゃないんだ」

真二は首の後ろに手を置き、意地悪く言い放つ。

「じゃあ誰かな」

だ。

「……」

反論したいのに言葉が出なかったのは、瀬島がアルバムを閉じて真二の横に立ったせいだ。

「その辺にしなさい」

瀬島の手が真二の背に回る。一瞬だけ目を泳がせた真二は、少し頬を染めて俯いた。

「……だから言っただろう？」

平然とした顔で言った瀬島は、真二の顔を隠すように肩を抱き寄せる。別れてはいないと言いきったのは事実だと教えるように。

二人の関係を知ってはいた。だけどこうして、見せつけるようにされたのは初めてだ。それがどんな心境の変化かは分からないが、ちょっと悔しい。

「……いつか捨てられろ」

高科はそれだけ言い、席を立つとわざと音を立ててドアを開けて瀬島の個室を出た。

店に戻った高科が閉店作業を終えた頃、英一から返信があった。試作を食べて欲しい、部屋に行っていいかという一文に飛び上がるほど驚いた。

英一が、部屋に来る。音を立てて息を飲みこんだ。

そうとなれば時間がない。高科は最速で閉店作業を終え、自宅に戻った。

ルームクリーニングが入ったばかりで部屋は片付いている。それでも念のため寝室は掃除して、ベッド周辺を整えた。

とりあえずすぐに食べられるものを用意しておこう。冷凍庫のストックを中心につまめるものを用意していると、来客を告げるインターフォンの音がした。英一だ。

「稲場です」

カメラに向かって律儀に名乗る姿が彼らしい。上がってきてと伝え、ドアの前で待つ。

挨拶代わりに抱きしめてもいいだろうか。キスくらいまでは許されるか。でもそこで終われないかも、と悶々と考えている内に、チャイムが鳴った。

「いらっしゃい」

抱きしめようとした手が止まる。英一が大事そうに両手で紙袋を抱えているのが目に入ったのだ。

「邪魔する」

「ああ、どうぞ」

熱烈な歓迎は高科の脳内シミュレーションで終わってしまった。残念に思いつつ、リビングとキッチンに近いドアを開ける。

「かりるぞ」

英一は迷わずテーブルに進み、紙袋を置いた。

「好きに使って。何か必要なものはあるか」

「そうだな、皿とフォークを」

「了解」

カトラリーを準備している間に、英一が紙袋から箱を取り出した。見慣れたパティスリーイナバの箱だ。

「崩れてないな」

中を確認した英一が満足気に笑う。

「これは？」

中に入っているのは、コルネを立てたような円錐型のものだった。表面を絞ったクリームが覆っている。

「試作のモンブランだ」

英一は皿を手元に置き、慎重にモンブランを載せた。その無言の作業がやけに色っぽい。

「すごいな……」

「店で食べてもらえるなら、こういった高さがあるのもいいかと思って。今日は試しにもってきたが、無事でよかった」

　こんな高さのある商品をパティスリーイナバで見たことがなかった。高さがあって複雑な形をしていると、持ち帰りが大変だ。イートイン限定だからこそ可能な形だろう。

「その場で食べるという前提があるなら色々と挑戦できていい」

　英一は紙袋の底からノートを取り出して広げた。

　新商品のスケッチだ。高科は吸い寄せられるようにそのノートを見た。目の前にあるモンブランの絵には、何か粒が描いてある。

「これは？」

「クラッシュマロングラッセだ。通年で手に入るか、今相談している。これがあると食感が更によくなるから欲しいんだが、値段次第だな」

　目を輝かせている英一は、年上だけどとてもかわいいと思う。それを口にしたら彼がどんな反応をするだろうか。想像するだけでも楽しい。

「とりあえずこの状態で食べてくれ」

「もちろん、いただくよ」

　フォークを手に取る。どこから食べるべきなのか迷ったが、英一が何も言わないので上からフォークを入れた。そのまま半分くらいまで、一気に切れた。

「意外と切りやすいな」

「ああ、崩れないように生地に継ぎ目を入れているんだ」

　このあたりに、と英一がモンブランの中央あたりを指す。

「さすが丁寧だ」

　パティシエもショコラティエも、丁寧さは武器のひとつだ。

　作業においてひとつでも手を抜いてしまうと、他に抜ける部分があるのではと考えてしまう。その繰り返しが味を変化させる。それがプラス方向であればいいのだが、大体の場合は劣化だ。

　大き目の一口を口に入れた。まず広がるマロンの味、その後にバター、生地のさっくりとした食感が続く。

「どうだ」

「……うまい」

　高科はモンブランを好んでは食べない。栗のもそりとした食感が好みではなかった。でもこれは違う。栗がしつこくないぎりぎりのクリームの中で泳いでいて、おいしい。

「これ、いいな」

「そうか」

　そっけない答えだが、英一の顔にはよかったと描いてある。その表情に高科は目を細めた。

この男が、好きだ。改めて思う。好きだから一緒にいたい。声が聞きたい。でもそれだけじゃ足りない。

そばにいたい、触れたい。触れたらもっと深いところまで欲しくなる。

それが子供だというのなら、まだ子供でいい。高科は開き直ったように笑った。これだけ好きなのだと、彼には伝わっているだろうか。

「あんたも食えよ」

ほら、とフォークを差し出す。モンブランを口にした英一は目を閉じた。

「……ああ、よくまとまった」

そんな無防備な顔をされても困る。高科はこのままキスしたいのを堪えて、自分もモンブランを口に入れた。

試食を終えるまで立ったままだった。皿を片付け、ソファへと英一を誘う。

「ところで」

英一はソファの前まで来たが座らず、その、と目を泳がせている。

「まあ座れよ」

促すと英一はそのまま席に着いた。だがこちらを見ようとしない。

何か飲むか、と聞こうとした時、英一が顔を上げた。覚悟を決めたように高科を見る。

「今日、これから……時間はあるか」

「？　あんたと過ごすつもりだけど」

「そ、そうか」

英一が目を伏せた。高科は隣に腰を下ろして、彼が何を言いたいのか待つことにする。

「その、俺も時間があって。だから、今日は……」

そこでやっと、彼が何を言おうとしているのかぴんと来た。これは誘われているのだ。

いったいどうしたというのか。高科は混乱しつつも英一の横顔を見つめる。こんな都合のいい展開が現実なのか。

「……迷惑ならいい。帰る」

「待てって」

腰を浮かせた英一を引き取る。沈黙が妙な解釈をされてしまう前に、慌てて言った。

「あんたから誘われて驚いただけだ。……実は感動している」

英一の肩が落ちた。顔を伏せたまま、俺は、と小さな声で続ける。

「どうも、その、……マメな性格ではないようだ」

改まって切りだされた事実に頷いた。

「知ってる」

「……？」

英一は驚いたような表情を浮かべた。まさか自覚はなかったのか。

「別に責めてないぞ。そういう性格だって分かってる」

自分だけが盛り上がっているような寂しい気持ちもある。だがどこまでも仕事優先で真面目な彼に惹かれたのだ。

「だからといって別に、お前を、その……ないがしろにしているつもりはなくて」

英一が必死で言葉を探している。

なんとなく、嬉しいことを言われる予感がする。これは真剣に聞かなければいけないところだ。高科は何も言わずに続きを待った。

「ただもし、俺に足りないところがあれば、言ってくれ」

頼む、と英一は頭を下げる。その生真面目さが、愛しくてかわいい。

「別に俺はこのままでも構わないけど、……でも、そうだな。キスしてくれればいいよ」

このタイミングなら少しくらい己の欲望に素直になってもいいだろう。高科は英一に体を寄せた。

「は？」

意味が分からないと書いた顔に優しく微笑みかける。

「それができない場所だったら、どこでもいいから俺を触って。それさえも無理だったら、見ろ」

高科は本気でそう言った。

「俺はあんたと目が合うだけで幸せになれる男だから」

英一が自分を見てくれる、それだけで心は満たされる。体は物足りなくとも、我慢くらいはできるつもりだ。

「……恥ずかしいやつだ」

耳まで赤くしてそっぽを向いた英一は、普段のストイックな雰囲気とは違ってかわいい。高科はその耳にそっと触れ、軽く引っ張った。

「なあ、ひとつ約束してくれ」

「なんだ」

英一がちらりとこちらを見る。その眼差しがいつもより幼く見えるからこそ、心配な点があった。

「これからは新しい店もあるし、店頭に立つ機会が増えると思うが、愛想よく笑わなくていいぞ」

「は？」

「俺の前では笑え。でも、他ではほどほどにしろ」

口にしてから、ずいぶんと恥ずかしい台詞だと気づいた。しかし撤回もできないので、そのまま堂々と、分かったかと続ける。

「？　なぜだ？」

全く分かっていない様子の英一に、高科は心の中で大きくため息をついた。言った内容自体も、それを説明しなければいけない状況も、羞恥に満ちている。だがじっとこちらを見ている視線の追求から逃れられはしなかった。

「……あんたを好きになる奴が出てきたら困る」

少し早口になったが本心だ。新しい店で愛想良く振舞う英一を想像しただけで、胸の不快部分をひっかかれたような痛みを覚える。簡単に言えば気に入らない。

「そんな物好きはお前くらいだ」

心底呆れたような顔をされるのは心外だ。この人は自分の魅力に気がついていない。だから無防備すぎる。

「お前こそどうなんだ」

英一は高科の手を払い、睨むようにこちらを見てきた。

「お前は存在自体が犯罪じゃないか」

「犯罪?」

酷い言われようだ。高科は憮然と返した。

「そうだ。お前はいるだけで人目を惹く。老若男女を問わないたらしだ」

ふん、と鼻を鳴らして英一が言い切った。

「はぁ?」

まさか英一が自分をそんな風に思っていたなんて知らなかった。これは喜んでいいのだろうか。それとも悪口か？

高科は考えるのを放棄して、英一の肩を抱く。彼の表情からすると、ネガティヴなつもりはなさそうだ。

「はいはい、それがいいんだろ？」

「……」

案の定否定をしない英一に、にやにやが止まらない。だがあまりからかうのも機嫌を損ねる。高科は空気を変えるべく、無言で英一を引き寄せた。

「俺だって、その……」

英一の手に力がこもる。続きを待っていると、英一が高科を見つめた。その瞳が頼りなげに揺れる。

「……今日は帰らないと、真二に言ってきた」

帰らない。その意味なんてひとつだろう。

高科は無意識の内に手で口を覆っていた。そうしないと、大声で叫んでしまいそうだ。

帰らないなんて言われたから、真二は高科にわざといやみを言ったのか。それくらい受けて立ってやる。英一は彼自身の意志でここにいるのだ、何を言われても真二には勝てる。

「……」

無言で頷く。英一は自分が発した言葉の破壊力に気がついていないのか、高科の返事を待つように更にじっと見てくる。

そんな目で見ないで欲しい。理性が焼ききれたらどうする。こっちはもう、すぐにでも食べてしまいたいと思っているのだから。

「俺は帰すつもりなんて全くない」

「そうか」

安心したのか、英一の表情が柔らかくなった。飾り気のない、シンプルな言葉が届いたようだ。

この空気のまま、先に進もう。抱きしめようと伸ばした手は、だけどあっさり拒まれてしまった。

なぜ、と問いかけようとした時、英一が顔を伏せた。

「……」

「ん？」

シャワーを浴びたい。小声でそんなことを言われたらたまらない。この場に押し倒したいのをなけなしの理性でねじ伏せて、物分かりよく頷く。

「分かった。じゃあ一緒に入ろう」

これはチャンスだ。脳内に一瞬で広がった場面を、現実にできる。

「……正気か？」

いぶかしげな顔に大きく頷く。

「正気だよ。待ってろ、すぐ準備する。風呂、入るだろ？」

聞いておいて返事を待たず立ち上がり、バスルームへ急ぐ。英一の気持ちが変わらない内に、バスタブに湯を張るスイッチを入れて、タオル類を準備した。

はやる気持ちを抑え、英一の元に戻る。緊張しているのか、いつもは伸びている背が少し丸くなっていた。

この場ではどれくらい雰囲気を作っておけばいいのだろう。迷いながらも飲み物を勧め、お互いに水を飲んだところで、準備完了の電子音が聞こえた。

「入ろうか」

所在無げな英一の手を取り、意識してゆっくりと歩きながらバスルームへ向かう。脱衣所でさっさと服を脱いだ。

「先に入ってる。脱いだ服はそのカゴに」

「……ああ」

戸惑いを隠し切れていない英一の額にそっと口づけてから、バスルームの扉を開けた。

シャワーで軽く汗を流してから、バスタブに浸かる。少しして、扉が開いて英一が入って来る。

ずっと見ていたいが、機嫌を損ねられても困る。そちらを見ていないアピールで顔を伏せ、目だけで英一を追った。

意外と思いっきりよく頭からシャワーを浴びはじめる姿を眺めつつ、意味もなく湯をかき混ぜる。ボディソープを手で軽く泡立てて体を流した彼が、こちらを見た。

「入るぞ」

言いきってバスタブに近づいてくる姿が男らしい。

「ああ、こっちに足を向けて入れよ」

バスタブは広めとはいえ、男二人が一緒に入ればいっぱいだ。向かい合って膝を立て座る形に落ち着いた英一が、ふぅ、と息を吐いた。

「いい湯だ、温まるな」

「温度はちょうどいいか」

「ああ」

英一が軽く目を閉じる。濡れた髪が頬に張りつくのがなまめかしくて、目が離せなくなった。

湯の中で手を伸ばし、英一の手首を握る。職業柄、高科の手はいつも冷たいのだが、今は充分に温まっていた。

「……そうだ、教えてもらったものを試してみたが」

高科に手を預けながら、英一が口を開く。

「どれの話だ？」

先日、店で使っている材料の情報交換をした。その時に高科側から渡したのはなんだったかと思い出すより前に、英一が答える。

「スモークソルト。あれはいいな」

どうして今この場で塩の話なのか。分からないまま頷く。

「塩キャラメルクリームに使ってみたが、あの風味は面白い。マカロンに使おうと思う。扱っているところを紹介してくれないか」

「ああ、来週あたり来るから、その時に紹介するよ」

「助かる。シンプルにキャラメルを作ってみてもいいかと考えてるんだ」

それで、と英一は珍しいくらいによく喋る。その様子が新鮮で、でも彼らしくなくて、つい聞いていていた。

「……もしかして、緊張してる？」

わざと顔を覗きこむように見た。途端に英一の頬が赤く染まる。

「……うるさい」

図星だったようだ。湯が揺れて、彼の膝が目に入った。

「お前は緊張していないのか」

「まさか。こうしているだけでも、胸が苦しい」

ほら、と手を掴んで胸元に導く。胸の鼓動を聞かせながら距離を詰めて、最初は軽く、唇を触れ合わせた。

久しぶりに重ねた唇の感触を楽しんでから、舌を差し入れる。歯列を辿りながらも、おずおずと近寄って来た英一を抱きしめた。

水音を響かせながら口づけを深くする。濡れた英一の肌が熱くなっていくのが伝わってきた。キスの角度を変えるために離れる唇が寂しい。彼のうなじに手を伸ばす。視線が絡んだその時、無意識の内に口を開いていた。

「好きだ」

声にした瞬間、その気持ちがぐっと濃くなって溢れてくる。英一は目を細めて笑う。

「俺だって、……好きじゃなきゃ、こんなことはしない」

英一の右腕が首筋に回される。体重を預けるように体を密着させられて、お互いの昂ぶりが触れた。どちらもすっかり興奮状態だ。

「はは、最高。言葉にされると嬉しい」

濡れた髪を撫でながら、耳に唇を寄せる。

「……なあ、英一。俺もっとキスしたいんだけど」

軽いキスをしてから、英一の顔をこちらに向かせた。潤んだ目が伏せられる。

「んっ……」

噛むように口づけながら、彼の背に腕を回した。そのまま引きあげるように立ち上がる。

ベッドに向かう余裕なんてたぶんさっきシャワーと一緒に流れてしまった。いつもより温かい体を抱きしめ、唇を重ねながら、その肌を撫でる。

「あっ……」

胸の小さな突起に触れると、英一が体を震わせた。喉仏を水滴が伝い落ちる。それを吸いとってから、本格的に英一の体を味わった。

触れて、舐めて、口づける。バスルームに響く声もたまらない。震える英一の体から力が抜けたので、そのままバスタブを出た。

バスタブの縁に英一を座らせ、その足元に跪く。なすがままだった英一が抵抗したのは、彼の足を開かせ、天を仰いだそれを高科が口にした時だった。

「や、め……」

「いいから、やらせろよ」

強引にくわえ、緩々と唇で扱く。どくんと脈打つ性器を愛しいと思う日が来るとは思わなかった。

かわいがってやりたい。天国を見せてやるつもりで唇と舌で包み、根元を指先で揉んだ。頬の内側で先端を擦ってやると、英一がのけぞった。

ちらりと見上げた先で、英一が唇を噛んでいる。泣きそうな顔が色っぽくて、下半身を直撃した。

先端のくびれを吸う。英一の腰が揺れた。高科は手を伸ばし、口に入れても大丈夫なボディソープで指先を濡らす。

「もう、いい……」

きれぎれの声が訴えてきた。彼の昂ぶりを口にしたまま頭を上下させた後、高科は濡らした指を英一の奥に進める。息づく窄まりを軽く撫でたら、吸いつくように収縮した。

「んっ」

口元を手で覆う英一の反応を見ながら、指を埋めてみる。中を探り、その狭さについ笑ってしまった。

「こんなに狭かったか?」

「……」

答えない英一の性器を左手で扱きながら、最奥に埋めた指を引いた。追いかけてくるように吸いつかれるのがたまらない。早くこの中に入りたい。

指が慣れたら数を増やし、狭い場所を広げていく。傷つけないようにと丁寧にと思うのに、気が逸る。

「平気か……？」

確認に返事はなかった。今にもバスタブに沈みそうな英一はすっかり表情を蕩けさせている。

高科はそっと指を引き抜いた。英一の体に手を回して抱きあげて、バスルームの鏡に手をつかせる。

「ここで……？」

戸惑うような声が震えている。

「いいだろ、……もう限界なんだ」

後ろから英一を抱きしめ、昂ぶりを太ももに擦りつけた。

「……あぁ」

すべすべとした肌に先端が触れるだけでも気持ちいい。何度かその行為を楽しんだ後で、英一の尻に手をかける。

明るい場所で見た窄まりが、ひくひくと収縮する。自分の息を飲む音が大きく聞こえた。

昂ぶりから溢れる体液を塗りこめるように腰を使ってから、少しずつ中へと進む。広げられた縁から皺がなくなる生々しさから目が離せなかった。

「……ふぁ、……ううっ」

英一から力が抜けたタイミングを見計らい、一気に張り出した部分を埋めた。それからゆっくりと、粘膜を擦りながら奥まで貫く。

熱く濡れたそこは最初は拒むように締めつけていたのに、すぐ絡みついてくる。異物を押し出そうとしているだけと分かっていても、喉が干上がりそうに興奮した。

「んんっ」

逃げようとする細い腰を掴む。薄い尻を広げ、繋がった部分を改めて視線で舐めた。

「ひっ」

根元まで収めきる。目眩を覚えるほど心地よくて、詰めていた息を吐いた。

「動くぞ」

腰を揺らす。ゆっくりと思っていたのに、すぐスピードを上げてしまう。余裕がなかった。とろとろに蕩けた英一の内側が、もっと奥に来いと誘ってくるせいだ。誘われるまま奥までいきたい。彼の深い場所をかき混ぜて、いやらしい声を聞かせて欲しい。

「だめ、……動く……な」

懇願するような口調と共に、英一が振り返った。情欲に濡れた眼差しを向けられ、背筋に震えが走る。溢れだす色気に、彼の中に埋めた高科の昂ぶりが脈打った。

「動かないセックスなんて無理だ」

腰を揺らしながら、英一の頬に手を添えた。苦しそうに寄せられた眉が、ゆっくりと解けていく。

「……あっ」

かきまわす様に動いて、英一の弱い場所を探す。わずかな隆起を突くと彼の背がしなるのを確認して、腰を抱え直した。

「だめだ、おかしくなる……」

苦しそうに声を上げた英一が、前を向いて鏡に手をついた。目を閉じた英一の表情が鏡に映る。

「おかしくなればいい」

腰を引いてから、強く打ちつけた。あっ、と小さく呻いた英一の唇から覗いた舌が、脳を痺れさせる。

気持ちが良すぎて困った。気を抜くとすぐ達してしまう。

腹に力を入れ、快感に流されないように抵抗する。違うことでも考えようかと頭を巡らせたけれど、すぐに無理だと悟った。

この表情を、声を、全部見ておきたい。どんな些細な反応も逃したくなかった。

彼の背に胸をぴたりと重ねる。こうしておさまる体のちょうどよさが、胸を熱くした。

「あぁ、だめ、だっ……」

貫く角度が変わる。奥深くが、高科を招くように開いた。迎えてくれたそこへ、高科は容赦なく自分を埋める。

「そこは、……ああ、くるなっ……」

頭を打ち振って嫌がる英一の左膝裏に手をかけ、持ち上げる。ぐぷっと派手な音がバスルームに響く。張り出した部分をきつく吸われたみたいで、高科は目を見開く。

「すごい、……ここ、どうなってんだ……」

英一の最も深いところは熱く濡れていた。吸いつくみたいな動きに翻弄される。

何も考えられなくなるくらい気持ちがよくて、勝手に体が動いてしまう。夢中だった。英一を抱くまで知らなかった快感に目眩がする。

「なあ、気持ちいいか?」

抜き差しではなく、かき混ぜるように腰を使いながら英一に問う。強烈すぎる快感のせいで、自分だけが昂ぶっているのではないかと不安になってきた。

「……お前は……?」

答えずに問い返された。鏡越しに英一と視線が絡む。甘く蕩けた表情の中、細められた目に煽られる。

大切にしたい。だからこそ、めちゃくちゃにしてしまいたい。自分だけのものにしたい。体を繋げているのに、心がもっととねだっている。

「最高だよ、……分かるだろっ」

「あ、……う……」

英一の体をかき抱く。そろそろ限界だ。

「……もう、早く、……」

「ああ、いく、ぞ……」

英一の腰を摑んで固定し、最奥を捏ねる。中が貪欲に絡みついてきた。先端を吸われ、絶頂へと誘われる。

目を閉じた英一が息を詰めた。

「ん、ぃ、くっ……んんっ」

収縮する粘膜を味わいながら奥を突き上げる。英一の性器に触れた途端、暖かな液体が指を濡らした。

体を繋げてから触れていなかった英一の性器から、熱が放たれている。指に溢れる体液が、高科を高みへ押し上げた。

「くっ、……奥に、……いくぞ…」

熱が弾ける。性器を駆けあがってくる熱い体液をすべて英一の中に注ぎたくて、腰を突き上げた。

「あ、っ……熱い、っ……」

肌と肌がぶつかる音が響く。脱力した英一の体を抱きしめながら、高科は極めた。閉じた瞼の向こうが白く染まるような、強烈な快感に襲われる。呆れるほど大量に射精したせいか、足が震えた。たまらず壁に手をつく。

お互いの荒い呼吸音が響いていた。愛しさと達した直後の気だるさの中、英一を抱きしめる。うなじに唇を寄せ、啄ばむ。ここにきつく痕を残して、彼は自分のものだと誰彼構わず主張したい。

ふぅ、と高科は息を吐いた。自分がこんなにも嫉妬深い性質だなんて知らなかった。

「……嫉妬するのは新鮮でいいが、あんまり焼きすぎたら焦げる」

ひとり言めいた呟きに、英一が笑った気配がした。

「それは困るな。焼きすぎたフィナンシェはおいしくない」

彼らしい答えに笑いながら、高科は英一のうなじに歯を立てた。

あとがき

ホワイトハートさんでははじめまして、藍生有（あいおゆう）と申します。

いろいろとあってご無沙汰でしたが、私は多方向にご迷惑をかけつつも元気です。

本編は雑誌「小説アクア」掲載作を改稿したものです。雑誌掲載時から応援して下さった方、お待たせいたしました。高科視点（たかしな）の続編とあわせ、本という形でお届けできて幸せです。

イラストは蓮川愛（はすかわあい）先生です。まさか蓮川先生に描いていただけるとは思っていなかったので、決定の連絡をもらった時は喜びすぎてしばらくじたばたしておりました。そんなに嬉しかったのにも拘（かか）わらず、ご迷惑をおかけして本当に申し訳ありませんでした。とにかくみんな格好良く美しくてたまりません。お忙しい中、素敵なイラストをどうもありがとうございました！

この本を手に取っていただいた皆様、どうもありがとうございます。少しでも楽しんでいただけますように。またお会いできたら嬉しいです。

「パティシエ誘惑レシピ」は「小説アクア」二〇〇九年春の号(二〇〇九年一月二十三日オークラ出版刊)を、講談社X文庫ホワイトハートに収録するにあたり大幅に加筆修正いたしました。

「ショコラティエの不埒な誘惑レシピ」は本書のために書き下ろされました。

『パティシエ誘惑レシピ』、いかがでしたか？
藍生（あいお） 有（ゆう）先生、イラストの蓮川（はすかわ） 愛（あい）先生への、みなさまのお便りをお待ちしております。

藍生 有先生のファンレターのあて先
〒112-8001　東京都文京区音羽2-12-21　講談社　文芸第三出版部「藍生 有先生」係

蓮川 愛先生のファンレターのあて先
〒112-8001　東京都文京区音羽2-12-21　講談社　文芸第三出版部「蓮川 愛先生」係

N.D.C.913　255p　15cm

藍生 有（あいお・ゆう）
8/7生まれ・AB型
北海道出身・愛知県在住
好きなものはチョコレート
趣味はクリアファイル集め
Twitter　@aio_u

講談社X文庫

white heart

パティシエ誘惑（ゆうわく）レシピ

藍生（あいお） 有（ゆう）

●

2018年11月１日　第１刷発行

定価はカバーに表示してあります。

発行者──渡瀬昌彦
発行所──株式会社 講談社
東京都文京区音羽2-12-21 〒112-8001
電話 編集 03-5395-3507
販売 03-5395-5817
業務 03-5395-3615
本文印刷－豊国印刷株式会社
製本───株式会社国宝社
カバー印刷－半七写真印刷工業株式会社
本文データ制作－講談社デジタル製作
デザイン－山口　馨

ISBN978-4-06-286959-1